大城誌採訪集

張凱傑

enlighten & fish 亮光文化

contents

光影故事 · 用電影呼喚公義

採訪手記‧大城誌點滴

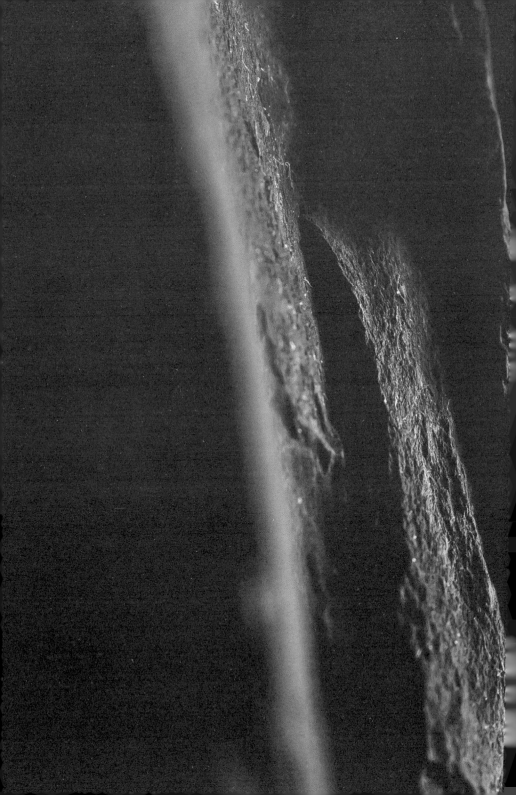

光影故事・用電影呼喚公義

爾冬陞

電影不應避開社會議題

「我很反對有人說，已經日日看新聞，為何還要拍寫實片，不想再看多次，拍喜劇吧。如果只有喜劇，那是貶低電影的意義。我覺得電影唯一的價值是，讓人觀看時有少少啟發。」金像獎董事局主席爾冬陞說道。這幾年，他為兩位新導演的作品擔任監製，一套敲問新聞工作價值，另一套剖白學童內心傷痕。

看似燙手山芋的社會議題，不帶輕鬆，沒有笑聲，他掛上自己的名銜，讓作品說話。他說，從不覺得電影偉大，多年來只有幾套韓國電影，令當地政府改變法律，大多電影最後都無法改變社會。但如果有些社會問題是嚴重的，那就不應該避開，要用電影提出來，引起更多人關注，這個空間應要繼續存在。

「有沒有人關心他們」

人稱「主席」的爾冬陞，遊走影壇半個世紀。無人敢頒的獎，他頒過；鬧得滿城風雨的獎，他面對輿論；在他擔任金像獎主席的任期內，大量起用新人主持、用新導演構思。這幾年，他再為新晉導演——簡君晉和卓亦謙分別執導的《白日之下》和《年少日記》擔任監製。

前者訴說殘疾院舍虐待院友，敲問新聞工作的價值；後者談及學童輕生的議題，反思原生家庭留下的創傷與鬱結。後者也是「首部劇情電影計劃」大專組的參賽作品，獲獎才開得成，不會有監製主動找上門，只有導演尋找監製，但他沒有拒絕。因為商業以外，電影還是有些價值，提醒別人關心一些議題。

爾冬陞在九龍城寨長大，跟不少電影人一樣出身基層，見得窮人多，不懂得拍上流社會的故事。他喜歡看紀錄片、寫實片，留意社會民生。時至今日，他閒時會由佐敦行到深水埗，觀察百態：「你官員夠膽說，去貧窮的地方多得過我？」

　　創作《年少日記》那段時間，他一看到學童輕生的新聞，就會轉發給導演卓亦謙。他說，自己年紀大，看這些新聞很不舒服、很不忍。「我們生活在一個繁忙社會，有時連親朋戚友、兄弟姊妹都無時間擔憂，個個都有自己的問題，不可能每天找人傾訴。但最大問題是，有些人感到絕望，要走到那一步，其實非常痛苦。我現在看到香港，就是這樣的情況。整個系統裏面有沒有人關心他們多些？」

　　翻查資料，撒瑪利亞防止自殺會 2023 年 7 月發表數據，指去年自殺的人數和比率創十五年新高。港大防止自殺研究中心 2023 年 9 月亦公布數據，指 15 至 24 歲青少年去年的自殺率創歷史新高，八年間增幅逾九成。

「學習做個爸」

　　《年少日記》戲中的小朋友，過著被父母逼迫、期望和比較的童年，成長得孤獨，感到不被重視，獨自寫下的日記，一筆一字蘊含著淚水。現實中，爾冬陞也是一位爸爸，有一位八歲的女兒。他跟導演說：「我不會對我女兒，像你戲入面咁。」

在香港，很多家長會讓小朋友學樂器，又小提琴、又鋼琴、又畫畫，但子女長大後，如果想從事藝術，大多家長卻又會反對。他覺得，小朋友的童年最簡單，就是要讓對方開心，不要有太大壓力，隨對方的喜好讓其發展。他會不會要求女兒學很多技能？他一口就說：「不會。」但後來又補多句：「媽媽會。」

一直以來從沒想過生小孩，走過知天命之年卻誕下女兒，他說自己「學緊做一個爸爸」，還到處請教朋友。有次他去剪髮，相識的師傅老友悶悶不樂說，女兒今年 13 歲，昨天搭女兒膊頭時，被女兒一手揮開，心傷透得很。他不懂得，原來會有這種感覺。

他又走去看書，查看育兒方法，知道如果從小跟女兒說，頑皮就會有鴉烏鬼出現，會令對方迷信；如果女兒做錯事，就扣她零用錢，會將對方的價值觀跟金錢掛鈎，也可能會令對方開始說謊。他又說多一次：「其實我都在學習。」

看過電影，對他最大感覺是：「因為我年紀大，我要更加珍惜跟女兒相處。」有些朋友羨慕他，因為他們生小朋友的時候，正值事業起飛，沒時間照顧子女。但他不是，早過了這些階段，這幾年疫情，加上現在年紀大，晚上都不會四出應酬，反而珍惜和女兒相處。「因為她小時候的回憶，是屬於父母的，到她長大後，便有她自己的生活。她小時候的事，只有我會記得。」

電影有一幕，老師著力記得每一個學生的名字，就是希望讓他們感受到，自己被重視。好好記得，也是一種溫度。

電影的價值

或許電影未必扭轉到全部家長的想法，甚或改變到一個社會。他說，多年來只有幾套韓國電影，令當地政府改變法律，但他始終認為：「我們不可以避開這些問題、不應該避開社會議題，不能夠說，電影就是要帶給人歡笑，不是這樣的，它是其中一個渠道提出問題，引起更多人關注，越多人關注，改變的機會就越大，這個空間應該要存在。」

他口中改變社會的韓國電影，包括 2011 年的《無聲吶喊》，改編自真實的聾啞學校性侵事件，令當局重啟調查，接管學校，國會也通過「性侵害防止修正案」加重刑罪。2013年的《許願》改編女童遭性侵致永久殘障的慘劇，促使政府加重對兒童性侵的刑罰，受酒精影響不是減刑理由。另一套2003 年的《殺人回憶》也令國會修正「刑事訴訟法」，延長殺人罪的追溯期。

「我很反對別人說，已經日日看新聞，拍這些題材做什麼，不想再看多次，拍喜劇吧。如果只有喜劇，社會題材不需要存在的話，那是貶低電影的意義。」可能有些觀眾藉電影逃避真實生活，那豈不是像鴕鳥一樣？「我覺得電影唯一的價值是，可以令人在觀看那刻，帶來少少啟發。哪怕只是少少啟發、少少改變，我覺得就有些意義。」

「我們不可以只看票房的問題，你去做任何事，除了取悅觀眾，都要取悅自己。」這令他想起，曾經有觀眾因為《新不了情》戲中癌症女生的樂天性格受到鼓勵，也有父母看完《早熟》後改變育兒方法，都讓他很感動，原來這樣已經很足夠。到頭來，其實他也被簡君晉和卓亦謙鼓勵到，要繼續拍寫實片。

劉國瑞

青春恰自來

「2015 年，我剛剛取得香港身分證，但身邊的朋友個個都話想走。」導演劉國瑞說道。

一個異鄉人獨自來港發展，正值自由行最高峰，矛盾湧現、思潮冒起的歲月。讀商科的他，身邊同學追捧「中環價值」，但他畢業後卻走去學拍紀錄片，選擇認識這座城市的分歧和複雜性，讓他看見中環以外，香港的另一種價值。

「我很喜歡香港，因為大家都可以很自由地表達。就算是一件很細的事，你肯講，想去發掘，都會有它的位置。就算無人聽，你都唔需要 ban 自己，無人會 ban 你。這是做創作、做人很重要的價值所在，就是那種自由。」

他以政治難民為題材，執導首部劇情長片《白日青春》，一鳴驚人，連奪台灣金馬獎最佳新導演、原著劇本及男主角三獎。他在台上多謝張虹導演，便是當年教他紀錄片的人，而今天對方已經移民英國。

他在電影引用古詩「白日不到處，青春恰自來」，意指當整個社會，都不利於自己的時候，青苔都仍然可以生長，找到自己的出路。這既是給難民的勉勵，也是給當下離散和留守家園的香港人，一份祝福。

初來甫到

劉國瑞家族，四代人都在馬來西亞落地生根，年幼的他，對香港並沒有太多想像，唯一可能就是跟很多華人一樣，從港產片中聽過東方這塊發夢之地。九十至千禧年代，馬來西

亞很多街邊攤檔賣盜版碟,不論題材,新片舊片應有盡有,那時無錢入戲院的他,也看過很多。

升讀大學之年,他想過去日本、台灣讀書,但因為取得獎學金,最終來了香港,入讀城市大學商學院。但他表明,無話一定要來香港,也沒有很長遠的規劃,一心讀完先算。「對這個地方零認知、無親戚、無朋友,也不懂得廣東話。」

他在 2008 年踏足香港,親歷這座城市的急速和擠逼。他記得當年跟朋友行旺角西洋菜南街,不消幾秒鐘,就已經看不見對方,人逼人到這個地步。而同學普遍做事節奏快、有很多計劃,還懂得「搵著數」,即使不會看不會讀,但行過總會伸手拿份免費報紙「唔會輸蝕」。

「呢度好多嘢,好多選擇畀你去試、去做、去玩。我好多嘢都唔識,唔會追求好多,自己夠就可以了。」

由中環價值 到探索社會

那一年,正值北京奧運,熱潮橫跨邊界,蔓延中港兩地,也勾劃出香港混濁且複雜的民族與身分問題。不少探討香港身分認同的民意調查,都以 2008 年為「轉捩點」,那年牽動中港兩地的事情很多,汶川地震、三聚氰胺、神舟升空、趙連海、劉曉波,最多香港人認同自己是中國人,也在那年之後,這份認同感從此插水滑落。

劉國瑞最大的感覺是，當年社會的輿論方向、討論內容，基本上倒向一面，中港民情去到一個頂點。但往後他目睹的高鐵風波、菜園村事件、反國教、雨傘運動，令他有很大反思，究竟應該如何理解這個社會？而他身邊的朋友來自商學院，覺得就是要入「4A」、做「MT」，即是要入大公司，做見習行政人員，大多數人都擁抱這份「中環價值」。

他畢業後，繼續留在香港，但沒有走入中環，反而開始學電影，思考自己的出路。他參加香港導演會主辦的電影班、又參加「采風」主辦的紀錄片項目。他有份參與過「橋底誌」計劃，拍攝深水埗露宿者，亦有參與「長洲誌」計劃，拍攝長洲的人和事。接觸紀錄片，讓他了解到社會當中，會有一種分歧，也讓他找到「中環價值」之外的香港特質。

「我很喜歡香港，是因為大家都可以很自由地表達。以前在馬來西亞，沒有這回事。那種表達的自由，不是說有人撳住你，唔畀你講，而是以前唔會識得，原來呢啲嘢都可以講、值得講、搵到嘢講。」

「在香港，就算是一件很細的事，你肯講，想去發掘，都有它的位置。就算無人聽，你都唔需要 ban 自己，無人會 ban 你。這是做創作、做人很重要的價值所在，就是那種自由。」

今天「采風」已經停運，創辦人已經移民英國，那些都是昔日的光景。

尋安身　求立命

　　如果 2008 年是他人生第一個「轉捩點」，一個人遠走異地發展，那麼 2015 年就是他第二個人生階段，得到多一個身分。那年，他居港滿七年，成為香港永久居民。

　　但傘運之後，香港公民社會步入「鬱悶期」，很多人都感到憂鬱：「我剛剛取得香港身分證，但身邊的朋友個個都話想走。」就像一個圍城似的，入面的人想走，出面的人想入來，在香港的歷史周期中，不斷輪迴上演，也讓他開始思考，什麼是香港人？

　　他在「鮮浪潮」的參賽作品、首套劇情短片《九號公路》，便是探討中港台三地身分認同的疑惑。片中主角是一名港大男生，抗拒大陸人，男生在台灣環島遊時，認識一名滿口台灣腔的女生，但原來對方來自廈門。二人最後分開，同時帶出男生本身也是一名新移民，由大陸來港，多重敲問身分的問題。

　　多年過後，他首部劇情長片《白日青春》，無獨有偶，都牽涉身分認同、尋找家園的命題，但這次以政治難民為落筆對象。香港不是難民的收容國，但有簽訂聯合國《禁止酷刑公約》，不得遣返遭受逼害的入境人士，亦即是所謂的免遣返聲請者，可讓他們留在香港，等待另一個國家收容，香港就是他們的中轉站。

　　劉國瑞說，免遣返聲請者是第一代難民，「條路是他們行出來，成為難民要受的苦，某程度上他們是心甘情願，知道自己是為了什麼。但衍生出來的，是他們生活在不安之中。

不知道通不通過免遣返，不知道取不取得難民資格，不知道能不能去到另一個國家重新生活。」而難民的下一代，即使是本地出生，一生也不能成為香港永久居民；即使讀到中學，也難以升上大學；即使體育表現出色，也不能出國比賽。

「我想，對他們來說，香港的生活，未來就是最大的不安。」

他有一個比喻，搭 Uber 感覺很光鮮，但無牌取酬載客，其實並不合法。反過來看，這批難民雖然在港合法居留，但往往就好像是社會的邊緣人。

香港的共鳴

《白日青春》講述巴裔難民一家，原本在香港等待移民到加拿大，但遭遇的困境連連，最終父親車禍身亡，男孩被同鄉利用，不得不逃離香港。的士司機愧疚有份害死對方，於是協助男孩逃亡，由一個很壞的人，嘗試彌補做一個好人。

包辦編劇和導演的劉國瑞，希望想從香港人的視角去看難民的故事。他自己就是一個新移民，他太太的父母昔日也是偷渡來港，其實離鄉別井、飄泊飄流的感覺，並沒有離大家很遠。

的士司機的角色，正想反映香港很多家庭，上幾代人都不是在香港土生土長，都有很多移民、逃難的故事，希望觀眾反思這座城市如何組成。電影最後，司機和男孩要面臨去或留的抉擇，從不同時空中，也連貫和回應當下的香港。

電影沒有賣慘，訴說難民有多慘；也沒有求憐憫，讓人同情難民；甚至沒有迴避難民在港打黑工、偷竊、販毒的故事情節。劉國瑞說：「我們成日很怕，呈現一樣嘢會有 stereotype，但我覺得更重要的是，用什麼角度去講？呈現了幾多？」

他說，片中出現不同階層、不同狀態、不同理想的難民和少數族裔，各自面對不同困境時，不同的選擇。有的，幾代人自己開舖頭，願意幫助同鄉；有的，有理想有堅持，最困難之時仍然保持正直；有的，為了子女而會選擇妥協；就是有各種不同的複雜性。

現實之中，難民家庭即使有補貼，但很多時候都要先開支後報銷，因此很需要現金，找到現金的事情，他們就會去做。就像他初初畢業，都會掙扎拍片如何維生，做過電單車「車手」送外賣，但賺到的不多，泊車又難，又要再想想辦法，「一定會用很多方式搵錢，未必是非法，但就會在灰色地帶中遊走。」

「我不會說，一定要做守法的人，一定要是正直的人。」

明明是一套難民小眾題材的電影，但今天香港觀眾看起來，或者不會感到抽離。除了因為導演口中所說，香港人都是難民後代的故事線外，今天世界各地也出現來自香港的政治庇護申請，或許對於難民議題，彼此會有多一份同理心。電影出現改口供、搶槍、逃亡等情節，以往發生在社會幽暗處的事，這幾年卻赤裸裸光天化日下發生，呈現於眾人眼前。政治難民、逃亡、偷渡、去留，其實並沒有離觀眾很遠。

青春恰自來

電影中，的士司機叫「陳白日」，難民男孩叫「莫青春」，是來自清代詩人袁枚的五言絕詩《苔》：「白日不到處，青春恰自來。苔花如米小，也學牡丹開。」意思是沒有陽光、不宜生長的地方，全憑自身的創造力和生命力，依然長出了綠意盎然的青苔。

他說：「當整個社會，天時地利，都不利於自己的時候，青苔仍然可以生長，找到自己的出路。這是我對於難民一種很強烈的感覺，也是香港歷史以來，外地人來港生活的感受。」

「白日不到處，青春恰自來。」致每位異鄉人。

祝紫嫣

何處是吾家

父親苦苦來港，無法融入香港，染上毒癮鋃鐺入獄；女兒享受香港教育，入讀新聞系，學會爭取公義，到頭來因為反對新界東北發展被捕上庭，兩父女異途同歸，來到香港最後走進牢房。這都是電影《但願人長久》一家人飄泊香港的下場。

電影以 1997 年、2007 年、2017 年，劃分三個十年命途。導演祝紫嫣表明，有意識地將故事設置在 2019 年前發生，因為那年之後的香港很不同。如果電影再拍第四個十年，她就說：「很坦白說，我覺得 2027 年不會特別有趣，因為你未必可以很誠實地說現在發生什麼事。」

片中故事都是祝紫嫣在 1997 年來港，最後攀上香港大學，看見的感悟：「我對事物的執著、對錯的認知，都是香港教育培養出來。女主角很想捍衛這裏的公義、幫這裏的人發聲。我覺得她比更多香港人更關心香港的時候，不言而喻，她的出身不是那麼重要，她的行為比背景重要。」

初來香港　三個印象

「在香港，他們說我們是大陸人；在大陸，他們說我們是香港人。」電影《但願人長久》入面出現這句話，揭示新移民來港後，面對的身分疑惑，也帶出中港兩地，從來複雜的關係。

導演祝紫嫣在 1997 年，由湖南衡陽來港，那時只有五歲。初來香港，她最記得，這裏的人會穿著波鞋。因為身在鄉下，大家只會穿涼鞋，還可能是沾染泥土灰塵的涼鞋，但

走進大城市，人人腳上的波鞋潔白無比，新簇簇似的，那種很乾淨的感覺，是她對香港的第一個印象。

童年時，父親帶她乘搭逸東酒店的玻璃升降機，眺望彌敦道的萬丈高樓和萬家燈火。「當時在大陸，不會看到高樓大廈，最多只有五、六層樓高，但你看到香港，嘩！那麼多層，而且全部開著燈，還有五顏六色的霓虹燈，很有一種人煙的感覺，我覺得很震撼。」

當時的她還發現這裏有很多麥當勞，這裏的人會將薯條，點著那些紅撻撻的番茄醬，她形容不能接受，那個味道很奇怪，不禁問道：「為什麼香港人喜歡吃那麼酸的醬汁？」因為她從小在鄉下，根本沒見過西方快餐店的出現。

內心自我排斥　下等人的感覺

種種新奇，正正預示著她走進人生的分岔路口。來到香港，她入讀太子聖公會基榮小學，算是基層學校，近七、八成學生都是新移民，不少同學來自廣州、潮州，唯獨她由湖南而來，不懂得廣東話，語言上有隔閡。但大家都是新移民，實際上沒遇過什麼同學的排斥，她更由小三開始擠進精英班。

只是當時的她，其實不太喜歡香港，內心跟周遭的環境，總是有份排斥感，也有一種好像變了下等人的感覺。她說，以前自己明明是一個受歡迎的學生，去到每一間幼稚園都是精英，都是老師最喜歡的學生。但來到香港後，好像突然間全部人都不喜歡她。那當然，她後來明白，不是對方不喜歡她，只是因為語言的隔閡，同學不懂得怎樣跟她溝通。

那份下等人的感覺，就是「明明在鄉下，有人疼愛，又是老師眼前的大紅人，更買得起自己的零食。為什麼來到香港之後，要住那麼小的房屋，學校又有種不接納我的感覺，然後所有東西又那麼貴，什麼都買不起。我覺得這個感受最深刻，而不是身分認同那個問題。」

若即若離　成長的孤單

父親比她早來港，童年的她經常搬家，不是常常跟父母同住，要寄居親友家，這個親戚照顧她一段時間，她又要搬到另一個親戚家裏。她坦言，成長的不快樂，較多來自孤單的感覺，父母的若即若離，自己很倔的性格，總讓她覺得很難親近別人，不容易感受到快樂。

那時的她，會經常上網，在大陸的「百度」、「貼吧」討論區尋找寄託，「可能因為大陸人，從小到大都是飄泊，很小就讀寄宿學校，孤獨的感覺會相對強一點。」即使後來升上中學，認識幾個要好的朋友，但孤單和寂寞的感覺沒有離她而去，她要靠看書和寫作，短暫尋得出口。

縱然當時過得不算特別開心，會有寂寞之情，但她說沒想過搬回湖南。「可能跟現在的港漂不同，那時的我會很努力融入，我要學會廣東話，就可以跟別人溝通，我要學會英文，讀書就不會有問題。我會很想成為這裏的人，我會希望在這裏可以好好地生活下去。」

她形容自己是一個很努力的人，也有一點好勝，「就算沒有來香港，我在大陸，都一定要考入清華、北大那些人。」

可能因為自己，從小經常搬家、寄人籬下，自然不想麻煩別人，會希望自己有交代，對自己有多一份責任感，但也有可能，其實都很希望被人認同。

力爭上游　窺探港大精英世界

這份好勝、對努力的渴求，也讓她攀上香港最高學府。她在 2010 年至 2013 年間，在香港大學主修社會學和中國文學。她沒有「上莊」，但有住宿舍，自言都算是一名活躍分子。

對於中學生涯都在大角咀成長的她，放學去銅鑼灣，已經覺得出省、很有型、很大件事，現在升上港大、住薄扶林，都會有些幻想、有些擔心自己很「鄉下妹」。但入讀後發現，其實沒有這回事，原來大家都是人，都有千千萬萬個同學像她一樣，來自普通的學校、普通的家庭。

那當然，她也看見很多很厲害、很努力，或會用精英來形容的人，其實就像一個微型社會，什麼人都有。以前讀書，老師會叫同學不要打扮、不要拍拖，會影響學業，但她說，在港大認識的人，幾乎全部由中學開始已經拍拖、打扮得很漂亮，有顏值、讀到書、家境又不錯。在別人的眼中，他們的人生簡直完美，但其實他們只是很努力維持這一面出來。在精英的世界，很多人不怎麼睡、時間管理得很好，這都是她在港大看見的一切。

在大學的所見所聞，也讓她開始沒有那麼孤單，可能因為長大，也可能因為在大學見到很多精英，都有他們的掙扎，

要面對的問題。她由大陸來港，精英就可能會去外國發展，同樣都會面對她當初的感受，她才發覺原來以前的自己太「中二病」，活在自以為的世界當中。

「我努力學廣東話　大家卻說普通話」

畢業後，祝紫嫣將自己的經歷寫成小說《夏日的告別》，如今再拍成電影《但願人長久》。她說，故事由1997年開始，因為她在那年來香港，剛好也是香港回歸、有意思的一年，往後以十年為依歸，分成三段式故事，就是她的童年、青春和現在。

無獨有偶，這三個階段，都是香港的重要年份，反映了截然不同的中港微妙關係。她提到，自己很有意識地希望，故事在2019年前發生，因為2019年後的香港很不同，無論因為疫情，還是所有事情，整個社會氣氛都很不同。

對於這三個階段的香港：

1997年，她說，所有事物都很新鮮，香港很有活力、很乾淨、很明亮。「我不懂得廣東話，我很努力學廣東話，但當時學校開始要學普通話，還委任我做普通話大使，教人說普通話，其實我只識湖南話。那一刻，原來我那麼用心學廣東話、英文，這裏的人卻要學普通話，這是我對1997年的印象。」

2007年，她覺得，當時服務行業的態度差了很多，因為自由行開放了，越來越多大陸人有機會來香港，本地人對大

陸人的白眼多了很多，這不是誰的錯，而是文化衝擊真的很大。

2017年，她記得：「那幾年很流行返深圳玩，喝喜茶、吃探魚，連我一些很不喜歡大陸的朋友，都會返深圳玩。對我最大的衝擊是，好像有一種很和諧的感覺，（中港關係）好像沒有那麼深的界線。」當然到後來，就完全不同了。

如果還有2027年，電影拍下去會是怎樣的故事？她坦言：「我覺得跟現在不會差很遠，很坦白說，我覺得2027年不會特別有趣，因為你未必可以很誠實地說現在發生什麼事。」

電影有一幕，家姐當上導遊，跟遊客說著普通話。戲裏戲外，祝紫嫣來港生活接近三十年，其中最大感悟，就是她一直學廣東話、努力融入香港，但最後大家卻說起普通話。

香港養育　對錯認知

來到這一刻，她說已經接納自己，是這個地方的一部分。「我所有對事物的執著、對錯的認知，全部都是我在香港受教育，培養出我這樣的人，這些價值已經根深蒂固，我開始慢慢接納，我是這裏的人。其實很多人像我這樣，可能都由故鄉而來，成長中可能會有這些矛盾，之後才認知自己是一個香港人。」

「我覺得這件事很普遍，現在很多人移民，他們的小朋友，其實都面臨著我這個問題。現在的我，會接納自己屬於這裏，接納香港是我一個歸屬的地方，我會掛住這裏，我會

開始視這裏為家，尤其這幾年，歸屬感大了很多，當這裏真的有事發生時，你會很感受到自己屬於這裏，想幫這裏做一些事，想捍衛這裏一些價值。有這個感受的時候，我就發覺自己屬於這裏。」

不言而喻

電影沒有明言，細妹其實讀新聞及傳播系。在她的房間，牆壁張貼了很多反對新界東北發展的相片和資料，她也因為反東北，需要上庭受審。她沒有跟爸爸回鄉下，因為她要上庭，無法出境，不能回大陸。

對於細妹這個角色，享受香港教育，說得一口流利英文，也考得上香港大學，最後卻要面臨審訊。祝紫嫣說，角色可能在中學的時候，還會對身分認同有些掙扎，但到大學時，已經對這裏的一草一木有感情，很想捍衛這裏的公義、很想幫這裏的人發聲。

「我覺得她比更多香港人，更加關心香港的時候，其實不言而喻，她的出身不是那麼重要，我覺得她的行為比她的背景重要。而她就是一個香港人，為香港發聲。當這裏出事的時候，你的心在不在這裏？會不會有很大感受？作為這裏的人，就會希望這個地方好。」

但願人長久，既是戲中父女渴望走近彼此的期盼，也是對這座城市的祝願，不言而喻。

卓亦謙

獻給話別友人

「我一直都覺得，我是極少數的人去看輕生問題，但很多人看過電影後跟我說，身邊的人都是這樣，有類似的經歷。」十多年前，卓亦謙有一位大學同學輕生，前一晚二人還有見面。那時候，他根本不以為意。對方寫了一封六千字的遺書給他保管，足足十年後，他才把信中的一字一句告訴給當日的老師和同學。

卓亦謙畢業後有套短片《至少在夢裏》，到現在的長片《年少日記》，都是圍繞成長傷痕、不理解、鬱悶、輕生的命題。這些成長的患得患失、生死的思考，足足縈繞他十多年。他以為拍完這套電影，如像找了朋友傾訴，會舒服一點，甚至可以放下，結果並沒有，仍是會有昔日的遺憾與情緒，但他覺得：「我是不會忘記佢，但我可以好好記住佢。」

十年磨一劍

卓亦謙在 2012 年香港城市大學創意媒體畢業，《年少日記》的男主角盧鎮業是他的組爸。初初入行，他由場記和編劇助理做起，參與過《激戰》、《魔警》等作品，但很快就覺得自己不適合做副導演組，因為自己不是一個很醒目的人，後來集中做編劇，埋首創作。早幾年開始，他負責香港電影金像獎的創作組，也因此認識董事局主席爾冬陞，邀請對方為自己當監製。

浮浮沉沉十年間，他說，做編劇的收入不穩定，花上半年寫一稿二稿，有時連續很多個月沒有收入，有時又要幾個項目同時出稿，工時很難計。編劇的薪酬大多分成很多期發

放，有時拍完電影才收到酬金，但最大問題是，並非每套電影最後開拍得成。寫完開不成，他試過，寫完被走數，他也試過，尤其跟外地片商合作，「咁可以點？」

「其實不是只有我，所有編劇都是同時寫四五稿，才有可能生存到，但變相沒有時間生活，我覺得這都是一個問題，因為我們劇本的養分就是來自生活，沒有生活又怎樣寫出好劇本呢？」為了謀生，大家惟有不斷通頂，用自己的健康來換取，但日子久了，他說：「我過了 30 歲，我覺得我不可以再這樣下去。」

灰心有時，想過不做，他都會問問自己還適不適合留在這行，「我很想嘗試自己拍、自己寫，會點呢？如果失敗，就入自己數，很公道；如果 OK 的，就繼續做下去。我很想知道自己去到邊，想跟自己有一個交代。」結果，十年磨出一把利劍。

《年少日記》是一套談成長創傷的電影，片中的老師和社工不斷尋找，誰人寫下遺書，若能找得及，或者可以挽救到多一份生命。或多或少，這個遺書的遺憾，跟導演昔日的經歷有關。

遺書的故事

十多年前，他還在讀大學。有日下課後，他看見有位同學坐在課室一角，默默地書寫。他好奇走上前，拍一拍對方。對方頓時把桌上的書信收起，不讓他看。他還以為，對方正創作自己的電影橋段，還著對方加油，希望快些看到故事。

翌日，有警察走上學校，那時他才知道，這位同學已經自殺身亡。警察把一個塑膠袋給他，內有對方留給他的物品。他打開，是一疊六頁紙厚的手寫信。對方很愛電影，就連最後的信件都以劇本格式寫出來，交代了自己的故事，希望有人會知道自己選擇離開的原因。

他為對方保管這封遺書十年，直至 2019 年，他把書信掃描入電腦，把內容逐隻字打出來，轉發給昔日認識這位同學的師生，唯獨已經找不到對方家人的聯絡方法。「可能個天就係咁，你找不到他們，但不要緊，我會保留這封信，我會記住你，我亦要警惕自己好好走下去。」

不能忘記　就好好記住

不似醫生、律師等「名牌」學科，他說，讀電影通常不會得到很多人支持，這位同學讀電影都遇到困難。他覺得，香港的社會觀念始終比較保守，未必會讓小朋友發掘到適合自己的興趣。

就好像小時候，別人問他想做什麼，他很天真地說，想做玩具設計師，因為他常常都會嫌自己的玩具造工不夠好，自己更會動手改造它。但大人聽到，不會覺得有出路、有希望，也讓他放棄這個念頭。「我小時候很想做的，或者覺得很有趣的，很多都因為環境而令我卻步，這是真的。」

學業壓力、朋輩壓力、還有競爭文化，他覺得：「很多小朋友，那些同學，既是你的朋友，但你又要跟對方競爭，其實你會怎樣處理這段關係？小時候的我都不懂得，我在離世朋

友身上，看到我自己憂鬱的一面。我都會想起，學業壓力很大的時候，小時候最想死的階段。我就開始想，我想寫一個人的心路歷程，怎樣走到那一步。」

他本以為拍完這套電影，「我會好像找朋友聊天，講完出來舒服一點，甚至可以放下，但其實不會的，我是不會忘記佢，但我可以好好記住佢。」香港社會壓力大，人人都有創傷，他始終覺得：「痛苦是不會消失，你擁抱它，或者與它相處，去到最後無論是我自己，抑或電影中的鄭 Sir，其實都在過程學會了一件事，我們都要先搞掂自己，面對自己的創傷。」

電影沉重，有悲劇發生，但仍然渴望為他人帶來一點希望。放映後，有觀眾表示身同感受。卓亦謙一直覺得，自己是一個極少數的人去看、去思考輕生的問題，但很多人卻告訴他，身邊都有朋友這樣、有類似的經歷。原來，彼此都不是少數，可以一同感受、一同面對。

黃梓樂

愛昆蟲的金馬男孩

「抑鬱不是一種選擇，我們可不可以不要那麼刻薄。」那是電影《年少日記》其中一句對白。10歲男生黃梓樂在片中飾演小學生，過著一個不愉快的童年，「對不起」大概是他跟父母說得最多的話，無人作伴，獨自寫下日記，希望鍛鍊好語文，贏得父母歡心，一筆一字蘊含著充滿淚水的童年。

現實中的梓樂，自言活潑開朗，讀書成績又好，覥腼得來又會自滿地說，科科都有90分。有些同學知道他拍戲，有人讚他做得好、靚仔、羨慕他見到很多明星，但也有人認為他哭得很假。他笑說：「都有haters㗎……那就接受、反省、排練多啲，咪試吓演得真啲囉。」

他不常哭，但看戲時容易被觸動。他們一家觀看這齣電影時，媽媽落淚，梓樂目睹又流淚，繼而哥哥和爸爸也跟著哭，一家四口一齊哭。10歲男生不懂得安慰戲裏戲外不開心的人，只希望他們不要像戲中的自己常常哭，嘗試樂觀、嘗試找到希望。拍戲以外，他喜歡昆蟲，每當有甲蟲飛入課室，同學驚呼時，他會用手護送牠們離開，從小事小物，仍能感受生命的價值。

我的志願

訪問那天，黃梓樂由媽媽接送，在港島放學後，輾轉來到新界受訪。像大多小朋友，他在車上睡著了；來到鏡頭前，卻像大人般，提起精神，自動自覺擺出不同表情；深近視的他，會脫下眼鏡受訪，或許還有少少「偶像包袱」。因為他的

志願是想做一位明星演員，他說：「如果做不到，就做歌手，再做不到，才做醫生、科學家、獸醫……」

梓樂現年 10 歲，讀小學五年級，有一個哥哥。他由 5 歲開始跟隨哥哥拍廣告，兄弟二人都有表演慾，媽媽於是充當經理人，為他們主動張羅不同試鏡機會。在人前表演，他不覺緊張，看見成果會感到滿足，無人教做戲，也沒有參考和模仿對象，所有情感表達都由自己發掘出來，最多可能是，父母和哥哥會在家中扮演不同角色，跟他排練對白，便是這家人的日常。

他喜歡表演，覺得做戲是一種興趣，也明確說得出，廣告為介紹事物，多數要表現得開心，但電影就要打動人心，哭的時候比較多，而他喜歡拍哭戲、有挑戰性的角色。

「蟲不知」少年

「平時的生活就是上學，放學和放假就會拍吓戲、拍吓廣告，沒有太特別。」當同學放學走去補習，他放學就走去拍戲，這是他口中沒有「特別」的生活，因為他覺得：「補習就是學嘢，拍戲就是興趣班。」

而他自言處理到自己的學業，事實上科科都有 90 分，有時甚至會高過 95 分，說起上來不好意思又沾沾自喜。老師知道他拍戲，但沒有因此優待他，反而會嚴厲一點，擔心他忽略學業，他馬上對著鏡頭說：「我是不會的！」

有些同學知道他拍戲，他說：「有些喜歡我，有些不喜歡我，都會有 haters、會評論我。有人會說我演戲好、靚仔、可以見到咁多明星就好啦；也有人會說我啲戲麻麻，有時喊得好假、好奇怪。」面對別人意見，無他的，「那就接受、反省，咪試吓演真啲，在家中排練多啲囉。」

　　拍戲以外，他喜歡研究昆蟲，特別是甲蟲。他的學校靠近山邊，有時會有甲蟲飛入課室，大部分同學大呼小叫之際，他偏偏不怕，會上前觸碰、拿起再放走牠們。他和哥哥更在家中飼養變色龍，他說也是一種學習照顧人和動物的過程。就像電影《蟲不知》那位主角，懂得跟昆蟲溝通。無憂、豁達、好奇，都是梓樂眼中的世界。

不再哭了

　　短短幾年間，他拍過電視劇《季前賽》，也拍過電影《流水落花》、《七月返歸》，甚至憑《年少日記》入圍第 60 屆台灣金馬獎最佳男配角，10 歲之齡，與一眾老戲骨並列，叫人不要少看他年輕。獲悉喜訊之時，他正在做功課，跟媽媽重看直播，確認「秋生哥哥」讀出自己的名字。向來自信的他，這次卻說沒信心會贏，入圍已經很開心。

　　電影在 2021 年開拍，那時他未夠 10 歲。相比以往角色，他覺得《年少日記》是戲分最重，也是難度最高的一部作品，因為差不多每一場戲，他都要哭。現實的他，自言是一個很開心、活潑開朗的人，學業成績也很好。戲中的他，卻是成績很差，還經常被弟弟看不起。

有一場戲，他再次因學業問題，被戲中父親責罵，並痛打至身體瘀青，母親為兒子塗藥膏，著兒子要努力。他在戲中不停哭，捱打固然疼痛，母親雖有傷心，但到頭來都沒有幫他，而是幫父親說好話，也令他很傷心。停機後，他繼續痛哭，一度無法抽離角色，覺得那名男生其實很可憐。哭得痛心，但最後他卻發現，那場戲被刪剪了，惟有嘆嘆氣說：「很可惜……」

看過電影的人，無不感到鬱悶。梓樂說，有人覺得故事很慘、有人哭得恐怖。他們一家觀看電影時，媽媽最先哭了，接著到他流淚，哥哥和爸爸後來也跟著哭。

回到現實，開學不足兩個月，已有接近二十宗學童輕生或企圖輕生個案，戲中的故事和心聲，或正在當下不斷發生。他不懂得說什麼話，安慰戲裏戲外不開心的人，只希望他們不要像戲中的自己常常哭，嘗試樂觀、嘗試找到多一點希望。或者將來，他希望可以拍喜劇，把歡樂和歡笑帶給觀眾。悲劇過後，仍然期盼，以笑相待的一天。

何思蔚

記下少年無力時

屋邨露天廣場，幾個學生圍成一團，將陀螺放在發射器上，用力一拉，飛彈到對戰盤上快速旋轉，互相擊撞，戰鬥到最後的陀螺便是贏家。

男生鄧少傑將心愛的陀螺，送給從小玩大的朋友凌鉦鍵，希望對方移民澳洲，也會帶走這個陀螺，記得他們曾經的回憶。對方沒有收下，因為他知道移民升上中學後，不會再玩爆旋陀螺，連他自己的陀螺，也被家人放上網賣出去了。那個陀螺、那份回憶，不帶走也帶不走。

表面看來，鮮浪潮短片《直到我看見彼岸》是一個關於移民的故事，但導演何思蔚說，其實是一個關於失去的故事，這個環境如何令到小學生，都迫不得已要面對自己的失去、無能為力的狀態。假若當一切都失去後，她希望大家仍會拾回心中重要的事物，先再向前走，別遺下那個曾經在意的「爆旋陀螺」。

面對無能為力

這個故事已經醞釀三四年了。

導演何思蔚說，這幾年來，這個地方失去很多彼此珍而重之的人、事、記憶和價值，街上的人都好像一個個被掏空了靈魂。她很想記錄這個地方，彼此無能為力的一種狀態。「如果生活迫不得已要我們前行時，我們可以怎樣面對？」

她編寫成短片《直到我看見彼岸》，以兩個小學生的視覺，看待心中珍視的朋友，最後經歷失去的感覺。她覺得，小

朋友的世界相對小一點，可能對這個世界還沒有太多感受和了解，但很想看看他們作為這個地方的其中一個持份者，這個環境怎樣影響到他們，怎樣令到他們都要迫不得已面對自己的失去，怎樣受到這個環境影響。或許正正是這個環境，令到他們明白多了這個地方和世界。

尋素人學生演出　家長誤以為騙案

她沒有找來什麼知名演員，而是走入自己長大的社區，尋找真實的人物和故事。

有一日，她在屯門一個很多補習社的大廈外，看見兩個男生並肩而行，她上前問對方，對於失去有何感受？身邊有沒有朋友移民？說著說著，凌鉦鍵就說，自己即將要移民澳洲，而鄧少傑就是要面對這種失去。這幾年的香港，就是隨手都遇著一個離開香港的故事。

二人由小學一年級到六年級都是同班同學，放學後會一起玩，一同見證彼此成長。導演問二人有沒有興趣拍片，劇本入圍鮮浪潮後，她再聯絡二人媽媽，其中一位媽媽欣然答應，覺得是一個機會讓兒子嘗試演出，另一位媽媽就覺得是騙案，多番溝通後，才相信對方，讓小朋友拍攝。兩種反應，人之常情，但遇到仍然相信用鏡頭說故事的家長，她自覺幸運，很難得。

創作的思考點在於，鄧少傑面對凌鉦鍵要離開這件事上，可以做到什麼？鄧少傑說，會將代表到二人經歷的物件送給對方，作為一份移民的禮物。短片中，他將爆旋陀螺送

給對方，希望對方記得他們曾經在屯門發生過的事。「就算我改變不了，你要去澳洲這件事，但我希望你會帶走爆旋陀螺，等於帶走我和這個地方的回憶。」導演說，大概就是這份感覺。

劇情固然有創作部分，但二人的關係卻是真實的，真的相識，真的會玩爆旋陀螺，劇中的玩具也是二人借出來的。「這個故事，某程度上幫我創作之餘，同時又好像記錄了他們分離之前的一段歲月。」

不理一切向前走　還是有種執著

在短片中，凌鉦鍵最後沒有帶走陀螺，而鄧少傑升上中學，他的陀螺也被家人棄置。他跑出走廊，試圖尋找和拾起那個充滿回憶的陀螺。那都是他在成長階段，面對的一次又一次失去。

何思蔚解釋，在鄧少傑的世界，朋友離開當然會感到可惜，但他其實未必知道，對方的離開可能代表著二人的關係，就會在這個階段終結。凌鉦鍵沒有帶走陀螺，或許未必真的很決絕，可能只是純粹覺得沒有必要維持一段友誼，面對所有事情，就是要繼續向前走。

就像當下這個地方，兩種不同狀態的人，凌鉦鍵代表著一種被生活推著走，無法選擇的人，不理一切，繼續生活、繼續向前走。而鄧少傑其實都無得選擇，生活都逼著他向前走，但他想做多少少，拾回一些對自己重要的事物，先再向前行，哪怕會走得慢、哪怕會被對方忘記。

何思蔚覺得自己都是一個很慢的人，透過鄧少傑連結了很多自己面對失去的經歷，因此在鄧少傑的角色身上加強了很多個人感受。「在這個地方生活，有時很怕自己會忘記一些很重要的事物，很怕自己會遺忘一些曾經在乎、曾經令自己有感受的事情。」

她說，有一段時間不知為何，在手機一看到新聞就會掃走，好像已經接受任何事情，就是這樣發生，而不是以前會覺得不應該如此的感覺。一些值得記著的日子，現在可能因為工作、忙其他事情而記不起來，「不代表我不在乎這件事，但這件事好像失去我心目中的重量，我很怕這種狀態，很怕自己不再在意。」

帶走碎片　拼出更大風景

短片後段，鄧少傑一個人坐在石壆上，看著飛機劃過天空，他拿起身旁一架加上機翼的紙製輕鐵，在半空中滑動，再想起二人一起搭輕鐵的畫面。他扮機師向乘客讀出一段廣播，大概就是說：「我是你們的機長鄧少傑⋯⋯悉尼天色明朗，陽光普照，我想提醒其中一位澳洲人，凌鉦鍵，請不要忘記我，遲點見。」

這令她很感觸，每一次剪到這個位置都很感觸。「因為真的很無能為力，我們對於要逝去的事情，做不到任何改變的那種狀態。」但她希望自己和觀眾，都可以好像劇中的鄧少傑，不知道可以做什麼都好，都要記得心中在乎的事情，

即使凌鉦鍵已經離開，甚至當一切都失去時，都要繼續尋找心中在乎的事與物。

「就算生活如何無能為力都好，起碼都要記得，都要帶著你覺得重要的事物，繼續前行，我深信這些碎片，可能有一天可以拼出一個更大的風景，直到我們看見彼岸。」

後記：
《直到我看見彼岸》榮獲第 60 屆台灣金馬獎最佳劇情短片。何思蔚領獎時說：「我覺得在說話不可名狀的日子，我希望我自己和在香港生活的每一位，都可以更勇敢、更堅強的，用自己的步伐往前進，真誠記錄，好好生活，不要遺忘和自己重要的一切，直到我們看見彼岸。」

鍾易澄

被詛咒的一代

「為何不是你在大陸？」母親由大陸來港生活，父親是香港人卻北上工作，一家人處於漂泊之間，關係疏離，既是鮮浪潮短片《眩光》的故事設置，也是導演鍾易澄的真實家庭背景。他記得童年時，爸爸每逢週末，清晨七時帶他參加足球班，看他踢球，之後一起吃麥當勞早餐，簡單卻很珍貴的回憶，是他對於家的朦朧印象。

他在 1997 年出生，是「被詛咒」的一代，幼稚園畢業遇上沙士，小學畢業遇上豬流感，到大學畢業更迎來反修例運動和另一場疫情。回想沙士時，年紀尚小，他很想認知外面的世界；但這幾年疫情，他反而不想再知得更多、不想再認清這個世界。由昔日對世界充滿好奇，到現在世界與自己無關。他說，這可能就是所謂的成長。

短片以疫情為喻，談社會邁向復常，人們如何面對自己、家庭和身處環境的改變。他想跟兩代不同的香港、不同的自己對話。這幾年，他選擇前往台灣發展。這次回港拍攝，發現昔日一起讀電影的同學，一半已不在行業，一半已經離開香港。這代「被詛咒」的年輕人，人生從沒畢業禮以外，也要繼續面對漂泊和流離。

「這就是所謂的成長」

2003 年沙士時，鍾易澄只有六歲。他說，當時不知道什麼是隔離，只記得父母把他放在親戚家裏幾個月，腦海中零碎的畫面，看不見父母，也看不見自己的家。當時年紀尚小，但他很好奇，很想知道很多事情，很想看清楚外面的世界發生什麼事。

這幾年另一場疫情，他在台灣讀碩士。身在異鄉，朋友不多，當疫情爆發時，他有幾個月都是自己一個人留在家中。這次隔離，讓他想起兒時的經歷，但發現自己對於周遭一切，感覺早已不同，現在的他，反而不會想知得更多、不會想再認清這個世界很多的事情。

　　「小時候，常常都會覺得，很想去看這個世界多一點、想認知這個世界究竟發生什麼事。但不知什麼時候開始，突然覺得自己好像不想再認知這個地方很多事情。小時候很想變大人，但到了自己有點大人的時候，又好像不想再變大人，會很抗拒。可能這就是所謂的成長？究竟一個人什麼時候開始所謂的成長，令所謂的純真開始改變？我很想去知道。」

　　兩個疫情，橫跨近二十年，同樣伴隨香港的社會政治大時代。2003 年沙士以外，也有五十萬人上街遊行，反對 23 條立法；這次疫情，也在反修例運動和國安法的背景下發生。他說：「對我來說，這次疫情，算是宣告香港某一個篇章的結束。」

　　「我想回望過去，對我來說，家的回憶是怎樣？對於什麼都不知道、對世界很好奇的時候，純真的我是怎樣？跟現在，我對香港這個地方、對自己的家，印象又如何？我想做一個對話，講對於自身、對於家庭、對於這個地方的回憶。」

面對謊言　如何改變

短片《眩光》以沙士為背景，但重點不是落在疫情，而是社會邁向復常時，人們如何面對自己、家庭和身處環境的改變。片中女生巧晴，疫後上學要填體溫表，她假冒家長簽名被老師發現。媽媽向老師訛稱，是她叫女兒這樣做，因而避過學校對女兒的懲罰。

後來，巧晴撞破媽媽外遇，致電給身在大陸的爸爸，爸爸謊稱女兒看錯了。對巧晴來說，成長的經歷，原來是一次又一次的謊言。後來，她為了接近心儀的男生，謊稱自己有近視，戴上粉紅色的眼鏡，走近對方。眩光，既是刺眼的光，也是成長路上跌跌碰碰的真相或假象。

故事其中一個重要元素，是學習面對謊言。鍾易澄說，自己不擅長社交，是一個比較「摺」、比較「毒」的人，從前把謊言看得很重，但後來慢慢認知，謊言在社會必然存在，是一種普世文化，可以「潤滑」群體的運作，也可視為一種工具，保護自己免受傷害。

片中每個人代表不同謊言，他不是要批判說謊是對抑或錯，而是想純粹用小孩的角度，表達他們如何面對這個世界，如何改變自身和成長。「無論是我對世界的認知，還是我身處的地方改變，已經成為必然的事實時，對我來說，那我就必須要學會去面對。」

尋覓被愛

片中拍下一篇課文，講述一家人前往機場途中，看見香港的美麗，最後父母要送別兒子到外國升學的不捨畫面。「靠岸處有幾隻海鷗在暮色漸濃的海面上徘徊，好像找不到落腳的地方。」

鍾易澄說，自己是「被詛咒」的一代，因為他在 1997 年出生，人生每個重要階段，總迎來香港重要的歷史時刻。幼稚園畢業遇上沙士，小學畢業就有豬流感，剛好他的中學沒有辦畢業禮儀式，而大學就迎來最動盪的反修例運動和疫情。從小到大，他都沒有參與過真正的畢業禮。

他跟父母的關係不算親密，也有點疏離，母親多年前由大陸來港，父親是香港人，但每星期都要北上工作。即使媽媽在港，但大多忙於工作。唯一記得是，他小時候喜歡踢足球，爸爸每逢週末回港，就會清晨七時帶他參加足球興趣班，看他踢球，然後再到麥當勞一起吃早餐。這個簡單的回憶，是他很珍視的成長片段，直至現在，他還牢牢記著。

無論是這套短片《眩光》，抑或他以往拍攝的《套子套》等其他作品，鏡頭下的主角，大多孤獨，希望得到依靠，隱含著一份渴望被愛的感覺。他自言，成長大部分回憶，可能只有「缺席」和「爭執」，原生家庭令他變成一個相對被動的人，不喜歡說話，不會主動追求關注和愛，也不易被觸動，可能不自覺地，在作品埋下自身的投射，潛意識地希望探索關於愛的命題。

動盪過後，他在 2020 年決定前往台灣發展，升讀國立臺北藝術大學電影系碩士。他說，那段時間，留在香港有一種很大的窒息感，不知如何稱這個地方為「家」，想去另一個地方稍稍休息。發生社會運動後，家人有不同看法，令原本已經不穩定的家庭，再湧現矛盾，隨之而來的疫情，更令大家困在一起，逼著面對大家，他很想脫離這個環境。

　　他覺得，有時候逃避未必不是一個解決方法，可以讓大家都有一個空間，互相調節自己。這次創作，就像剖析自身的成長變化，追憶對家鄉和童年的情感，希望可以療癒自己、療癒彼此。

唐浩賢

有什麼不是暫時

屋企會搬、家人會離世，萬事萬物，有什麼不是暫時的？有這番感悟，因為導演唐浩賢在單親家庭長大，自幼父母離異，平日跟媽媽住，週末跟爸爸玩，但爸爸不生性，常喝酒，肝衰竭離世。他將童年成長的碎片，以寄養家庭為喻，放進鮮浪潮短片《宇宙有什麼不是暫時》當中。

片中有一幕，巴士故障，司機說，要不等下一班車，要不向前行，乘搭其他交通工具。兄妹倆思考去留，回望走過的路，繼而轉身向前行。「我想說，不單止是寄養小朋友，而是所有人，無論經歷過什麼大事，那些事都會過去，我們應要展望之後的路，經歷過的創傷或者不開心，不會是你的絆腳石。」

他停一停再說：「之前再差的，我們都遇過，不要第一時間想放棄，要想向前行。」

段段碎片

鮮浪潮短片《宇宙有什麼不是暫時》講述一對年幼兄妹，被帶到寄養家庭生活。本以為父親會接走他們，但兄妹倆目睹父親離世，團聚的願望撲空，輾轉又回到寄養家庭中。他們的成長，就是由一段段碎片組成。

現實中，導演唐浩賢是一位哥哥，有一個妹妹，跟片中兄妹一樣，童年也在屯門成長。他沒有住過寄養家庭，但就在單親家庭長大。自幼父母離異，兩兄妹跟媽媽住，但每逢星期六日，爸爸就會接走他們。

童年的他，經常渴望跟爸爸外出、住在爸爸家裏，記憶大多模糊，但他記得跟爸爸的相處很開心，只是來得短暫。因為爸爸不生性，長期喝酒，有日突然肝衰竭離世。當日爸爸躺在床上，握緊拳頭、沒有反應的一幕，卻在他的腦海揮之不去。他曾經以為有機會可以跟爸爸長住，但這個希望隨之落空。

爸爸離世的時候，他只有七歲，妹妹僅得六歲。他說，當時年紀小，跟爸爸只是間間斷斷星期六日見面，間間斷斷地相處了幾年，父親離去，對兩兄妹來說，沒有太大的衝擊和感受。後來他們跟媽媽，由屯門搬到大埔，離開童年成長地，學校也跟著轉了。

不要讓創傷成為絆腳石

屋企會搬，學校會轉走，就連家人都會離世，這令他很認同樂隊 My Little Airport 的一句歌詞：「宇宙裏有什麼不是暫時？」唯獨他覺得，家庭裏的感情，反而不是暫時，好像片中兩個小朋友，最令他們有感受的，是寄養父母的愛，這種感覺會一直長留在他們心裏。可能有人會覺得寄養家庭的小朋友很慘，但他不認同，他想呈現的是，他們童年缺乏的照顧和關愛，可以從寄養家庭身上尋覓和彌補得到。

片中有一幕，兄妹乘坐巴士途中，車輛故障，司機說，要不等下一班車，要不向前行，乘搭其他交通工具。兄妹面臨去留的抉擇，他們下車，回望之前走過的路，繼而轉身，跟著

人群向前行。唐浩賢說，回望那瞬間，兄妹知道有人在背後支持他們，寄養家庭給予的力量和愛，令他們有勇氣繼續向前行，即使身在人群的最後方。

「我想說，不單止是寄養小朋友，而是所有人，無論經歷過什麼大事，開心或不開心的事情，尤其最不開心的事，那些事都會過去，我們應要展望之後的路，不應不斷思考，之前經歷過的創傷或者不開心的事情，那些事不會是你的絆腳石。」

這個去留抉擇，最後決心向前行，或多或少，他也希望回應當下社會的大環境。他說，香港出現了很多問題，很多人選擇放棄離開，有些人就很糾結過去，但他覺得「我們的經歷、走過的每一步，其實都給了我們力量，繼續走我們想走的路。」

他停下來，想一想再說：「我有一點想，不單止鼓勵身邊的人，我覺得尤其是香港人，之前再差的，我們都遇到、遇過，不要第一時間想放棄，要想向前行。」

自己的變與不變

他形容，整體的童年都是開心的，家人沒有給予很大管教壓力，大多都可追求自己想做的事。他入讀過一間 Band 3 中學，但他就說自己讀書不差。那段時光，他好動外向，會打排球、踢球、參加很多課外活動，還喜歡演戲表演，甚至參演學校的電影。

那時候，他代表學校做訪問，說過想拍到一部好好的電影，而且要有很大迴響，還希望作品觸及社會議題，令香港人關注身邊的事。

畢業多年，直至今日，他說這個想法沒有改變。「我覺得影像是這一刻的紀錄、這個時代的紀錄，題材很多時都是圍繞著我們社區，或者我們生活經歷過的事，所以我覺得有一份責任在電影帶出一些問題，提出一些解決方法，我很想將我們現在或將來會遇到的問題拿出來講。」

即使電影未必會為現實帶來改變，但他說：「是不是沒有答案，我們就不提出問題？我覺得電影未必一定要有結局，那個結局也未必一定是事情的答案，但是否就不可以將問題拿出來講？」

從前自信滿滿，表演慾多多，但人越大就越來越沒有自信，他說自己沒有以前那麼有表演慾，也會漸漸收起自己。在漂泊的童年，他仍然找到向前行的力量；在 Band 3 學校，他仍然找到自己的興趣；現在他覺得自己不再適合，也沒有再想當演員，但他仍可塑造別人的角色，執導自己的作品，亮相大銀幕。

誰都可發光，片中有一句對白說：「去到邊都一樣，要自己幫到自己。」

邱傲然

敲問命運

不會去迎新營，不會主動交際，可能連同學也叫不出自己的名，邱傲然（Tiger）回想起讀電影那兩年，自己的校園生活十分「摺」。即使參加《全民造星》出道，組隊「MIRROR」紅遍整個香港，但 12 位成員發展各異，有人一年幾部電影，有人劇劇當上主角，他也未必如此。

慢慢行、慢慢做，但原來仍然會得到被看見的機會，他獲邀執導今屆「鮮浪潮國際短片節」的開幕短片《是日精選》。他說，就像有種「這次我當主角」、「這次我擔大旗」的感覺。對他來說，創作是自私的，作品不是說想帶出什麼宏大的訊息，而是想將自己的感受分享給觀眾。這次作品正正流露他對命運、對選擇的看法，有時好心未必得到好的結果。

讀電影出身　重遇鮮浪潮

現年 23 歲的邱傲然，是「MIRROR」成員當中年紀最輕的一員。他在香港浸會大學電影學院高級文憑畢業，主修表演系。出道四年多，他曾為組合歌曲《破鏡》執導音樂影片，但一直未有個人歌曲、未有擔正男一的電影作品，這次卻由他自己執導屬於自己的劇情短片。

他說，以前讀電影時，常常聽到鮮浪潮這個名，身邊很多同學玩，但他不是主修劇本、導演，自己寫不出劇本，又無人找他拍，從未想過參加。多年過後，收到經理人花姐一個電話，卻讓他做回讀書時沒有做到的事。花姐提及鮮浪潮的邀請，他當下未有馬上答應，不是想推辭，而是不知從何入手。

由零開始，醞釀一個作品出來，對他來說，是一件高難度的事。

　　他第一個想起的人叫阿暉，是 ViuTV《殺手廢 J》編劇麥可暉。他說自己出道初時，曾參與對方拍攝的節目，往後常常遇見對方。他形容對方長頭髮、文青風，一看就知是藝術家，跟對方談過這次創作的想法後，便合作起來，劇本改了四稿，花了四個通宵完成拍攝。

反思命運　好心未必有好報

　　片長約 25 分鐘的《是日精選》，取名自茶餐廳的每日餐牌。楊樂文飾演黑道車手，每晚根據指令，接載不同社會陰暗面下的人物，但他有自己一套原則，有些事、有些人不會載。直至有一日，他勉為其難接載一對男女，本著好心，試圖救出被捆綁的女方，但結果不似預期。

　　邱傲然說，這是一部關於命運的短片，「很多時你以為有得選擇，其實你無得選擇；當你作出選擇以為對件事好，卻可能迎來更差的結果，很多事是註定的，往往有種不可對抗的力量，左右你人生每個選擇。」那是寫劇本那幾個月，他最深的感受、很強烈的感覺。

　　短片以黑夜拍攝為主，出現不少飛車場景，流露著典型港產片的特色。他坦言不少創作靈感，來自電影《車手》和《頭文字 D》。大會就形容短片挑戰港產片最精熟的範疇：黑幫世界、埋身肉搏、飛車追逐，拍出鮮浪潮短片少有的面貌、選

材和風格，動作處理和宿命感也滲透「銀河映像」的味道，就像一道視覺濃湯，五味雜陳。

讓別人相信自己　劇組伴隨成長

作為導演，一個作品的靈魂人物，他說：「你的意向很影響整個團隊，你要很清楚每個步驟，讓現場每個人知道你想點、你將會點，大家才能配合到你。你要有想法，懂得如何溝通，讓別人明白你、相信你的想法，繼而用他們的專業幫你去實行，這個經驗是難忘的。」

「我會有我的想法，但拍攝講求團隊合作，有機燈組、演員組不同範疇，他們所屬的專業，比你熟悉，他們想到的可能會比你好。一個導演，你有你的大藍圖、堅持的感覺，但中間都可以有調節的空間，跟他們商量。幸好遇上的工作人員很開明，又很支持我的意見。」

他邀請隊友楊樂文幫忙擔任男主角，也請來其他隊友客串壞角色。戲中楊樂文和岑珈其，會嘗試演繹不同版本出來，讓他選擇。他找來的劇組，也是昔日有份參演的作品班底，就像每一個工作人員看著他長大，這次外景、夜景、飛車拍攝遇到的技術困難，均由對方為他拆解。

由初生之犢入行，跟著指令拍攝，短短幾年間，卻帶領著團隊創作與執行，這次身分的轉換，讓他感受很深。一場導演夢，眾人為他圓滿。

抒感受不說教　保持喜歡繼續去試

回想起校園生活，他形容自己十分「摺」，不會去迎新營、很少參與學校活動，「同學可能知道有我呢個人，但可能連我叫咩名都唔知，直至我去玩《全民造星》，同學可能會說，呢個人咁熟口面，原來是我們那級。」

一直以來，他未必稱得上是一位風頭躉，這次在自己的主導下，創作屬於自己的作品，就像有種「這次我當主角」、「這次我擔大旗」的感覺。「始終你是導演，主導整件事，很多時都要睇你頭，我就是決定那個人。」可操控的感覺、作品的面世，也讓一份莫名的成功感油然而生。

不似得以往純粹當演員，僅僅亮相在作品的拍攝階段，今次經歷讓他發現，原來自己幾喜歡做幕後，因為參與程度很高，有機會的話，他也想繼續去試。

對他來說，創作是自私的，與其說作品想帶出什麼偉大的訊息，其實他只想將自己的感受、從小喜歡的事物分享出來。一套作品，他強調的是分享，而不是說教。

由一個很「摺」的人，到擔起大旗，保持聆聽，繼續行、繼續尋找自己的身位，他覺得：「很單純地，保持你的喜歡，不斷嘗試，慢慢就會有更多更大的機會，真心喜歡自己做的事，已經是一個好好的開始。」

阿雀

樂天不變

「有人會話，阿雀好得意、好搞笑；又有人話，阿雀唔靚，個樣好奇怪；更有人話阿雀好似林敏驄，我即刻搣舊相睇，又真係幾似喎！」紀錄片《給十九歲的我》其中一位女生「阿雀」倫凱頤，哈哈大笑數算著觀眾對自己的評價，更說自己「追得好貼」！十多年後，她依然像片中那位開心果，總是惹人發笑，樂天豁達看待大小事。

無意察看　家人變老

第一次觀看《給十九歲的我》時，阿雀記得：「聽到啲人笑我，好尷尬；見到自己話要做律師，好尷尬；當刻好想搵窿捐。」

「十年前，我肥到一個波咁，在大銀幕上面睇，我一個人佔個 mon 好大比例。十年前，原來我同家人係咁、我返學係咁。」她不斷形容那份感覺很奇妙。因為對阿雀來說，片中最觸動她的，是看見昔日爸爸駕電單車送自己上學那一幕。

她跟爸爸的年齡差很大，爸爸年屆 48 歲，她才出生。到她升上中學時，爸爸已屆退休之齡，卻跟她每朝清晨五時四十五分起床，陪她一同上學。「佢成日話老人家瞓唔到咁多，於是陪我五點九起床，仲要早啲落樓開車等我，即係佢自己去攞車再等我，我跳上車就可以了。」

「我爸爸現在 70 歲，看到十年前後的爸爸，現在白髮多了，雖然都很健壯，但卻看見家人變老了。」最大的感覺，其實不是目睹自己成長，而是看見家人變老。

「通告是我簽的」

十多年前，英華女學校重建在即，籌劃追訪學童成長的拍攝計劃。那年的中一生，要寫下將來的目標和志願，導演張婉婷從中物色人選，相約傾談。阿雀將這個拍攝計劃告訴家人，媽媽叫她好好配合，認為她初來英華，讀書又不是特別叻，那就儘量配合吧。「好啦、好啦！」當日這樣的回應，最後卻被導演選中了。

「Hea」是她崇尚的生活態度，面對拍攝工作年復年，她在中途的而且確不想拍攝，甚至試過躲避拍攝。她記得，有一年全級去迪士尼玩，一到埗她即刻跑去 Space Mountain 試圖避過追拍，那天是平日，人不多、不用排隊，她幾乎直接衝上過山車，卻有人從後拍拍她，竟然是攝製隊跟上來，還問她：「為何跑得咁快？驚不驚？」

「天啊，以前去迪士尼好奢侈，幾難得全級去玩，仲要阻住我。」片中又影到有次阿雀被媽媽打電話責問身在何方，原來那天訪問遲了，當她走到課室外接聽電話時，又被攝製隊伍誤以為偷走。說起這幕，她的淚水湧上眼眶，因她覺得委屈。

堅持十年不容易，但有趣的是，她坦承地說：「學校那份拍攝通告是由我自己簽的，當大家不想拍的時候，可以話不是我簽，是我阿爸阿媽簽；我阿爸阿媽話拍，我無話拍。但我不可以這樣反悔，因為這是我自己簽的。」

那時候，那個年紀的她們，以為通告就是合約，簽了通告就是簽了合約，不拍就是違約，會很大件事，心想會不會

賠錢，通告由自己簽，就好像沒有反口的機會。雖然如此，但過了中三、中四那兩年，其實她又沒有那麼抗拒，升上大學後，攝製隊仍有跟拍，自己的看法又不同了，反而會覺得感恩，記錄了這十年自己許多微小的片刻。

阿雀說自己不似片中其他女生，沒有很明顯的轉變，也沒有奮鬥的故事，跟無數學生一樣「平平無奇」，卻有人願意記錄她這個「平平無奇」的人生，其實很感恩。

「我追得好貼」

《給十九歲的我》上映後，其中一個關注點是這班少女如何面對自己，赤裸裸地呈現在別人的眼球前。「你話我有無睇討論區？一定會有睇！Facebook、影評都有睇。有人會話，阿雀好得意、好搞笑；都有人話，阿雀唔靚，個樣好奇怪。」

她笑著說：「我追得好貼，有朋友告訴我，啲人話阿雀好似林敏驄，我即刻撳舊相睇，又真係幾似喎！」她不忘再笑，又會覺得「你既然搵到一個咁似我的明星，好啦，咁唔緊要啦！」

一如以往，她依然樂觀又豁達。對她而言，紀錄片上映，將自己的成長歷程搬上大銀幕，未有造成太多壓力，「有去睇，別人如何看自己，也見到有人話，希望阿雀能保持這份隨性、樂觀。而我好想講，我一定會保持的。」

小鳳老師

用上帝的愛浸死她們

面對學生不理解，英華女校副校長周小鳳覺得「要用上帝的愛浸死她們」，紀錄片《給十九歲的我》記下這句話，令人暖心。但她看到預告片後，卻失眠了兩日，心想：「會不會太誇張？」提議不如剪走這一句。導演張婉婷一口就說：「講得咁好點解要剪？唔剪。」上映之後，不少人受這句話觸動，原來很多人認同教育需要有愛。

　　投身教育三十四年，她坦言入行時社會穩定、事情有規律，但今時今日一切急速改變。以前在她的課堂，討論國民身分認同，可以即席做民意調查，但現在會覺得是一個敏感議題。她感到很可惜：「如果年輕人在摸索自己的階段，有更多空間交流，我覺得各走極端的可能會減少。」

　　社會環境轉變，學生不易敞開心扉。她提起，2019 年最難親近學生，現在社會氣氛看似祥和，但師生的內心依然有種隔膜，不如以前。那年之後，教育界淪為箭靶，成為社會問題的代罪羔羊。談起懷疑人生之時，她不禁哽咽起來，期盼有更多人主動鼓勵老師，因為裨益必然是下一代。

英華的文化

　　人稱「小鳳老師」的周小鳳，是英華女學校副校長，也是英華的師姐。她在 1984 年畢業，形容自己是一個很平凡的學生，不是風頭躉，有點像《給十九歲的我》的「Madam」。片中「Madam」由內地來港，用功讀書，無人逼迫都會自動自覺溫習。但周小鳳不是來自內地，而是在香港土生土長。

當時她住在水街附近，家境不算貧困，但當時的社會，父母大多教育水平不高，家中又多小朋友。「其實界唔到太大支援你，好大程度你間小學係點，你就係點。」她在一間非常普通的小學就讀，英文不算很好，升上英華後，體會到「Madam」所講，那份過渡。

起初上課，她只聽得明兩三成英文，從老師手上接過的英文作文，紅筆字多過藍色筆，她要比別人努力，直至高中才慢慢適應。

這令她想起，英華昔日由傳教士創辦，既有半山的千金小姐就讀，也會接受丫鬟入學。三十年代，港英政府立例禁止蓄婢，變相有很多婢僕被遺棄。傳教士於是承擔起照顧她們的責任，讓她們在英華讀書吃飯。「這就是我們的背景，有來自很卑微、甚至很艱難的人，同時又會有很富裕的人，包容性很大。」

但她說這裏的人都有一個特點，就是不喜歡炫富。她記得「世界船王」包玉剛的女兒，在英華讀書時不會將私家車停在門口，反而會提早下車，再步行入學校。「我們的文化，就是大家都得到一個公平受教育的機會。有財富不代表有地位，大家都要互相尊重。」

放手與抓緊

所以她在這套紀錄片，不單止看見學生的成長，其實也勾起昔日的回憶，甚至自己的影子。其中有一幕，拍下舊校舍禮堂，她會想起從前老師分享的時光、很多團體一起玩的日

子。清拆前最後一個早會，她還哭了出來。

但她記得，曾經有比她更年長的校友回校參觀，卻很豁達地接受「啲嘢唔同晒」，使她突然醒悟：「原來上一代人，要放低自己寶貴的回憶，才可讓下一代人，擁有新的發展空間。上一代人需要 let go，下一代人先有空間。」

「係啊，我今日幾唔捨得、覺得有幾多美麗嘅回憶喺度都好，我都要 let go。如果唔係，新一代就唔會有新嘅空間。」

在片中，她最珍惜的是各人的真摯。「原來這班小朋友在鏡頭面前，可以很真誠地表達她們的喜惡與哀傷，這是一件很難得的事。」有幾幕，她更看得難過。其中一位學生阿佘一直融入不了同班同學當中，也會被同學流言蜚語，不少畫面影到她抹眼淚。

周小鳳記得，有一幕影到阿佘一個人在家中吃飯，家裏環境看似不錯，但很多時候就只見阿佘一個人，「一個咁細嘅細路，點解咁冷清食飯？很悲涼、很孤清。佢喊的時候，我覺得佢好寂寞。我作為老師，我都唔知佢曾經咁淒涼。」

放榜那天，很多學生都有家長陪伴，共同面對這個人生時刻，但阿佘又再次只得自己一個。她打電話入教員室想找老師，但找不到，轉身扯著自己的衣領走出來，一臉徬徨。「佢主動 seek help、呼叫 I want to get help 的時候，但無人回應到佢。佢最需要人幫忙時，就只有自己一個。」

「好想親近當時嘅佢，但我們已經錯過咗。」

選舉的意義

片中也記錄了學生會選舉的過程,更捕捉周小鳳在點票結果出爐後,班房內鏗鏘有力地向同學解說選舉的意義。她表明很認真看待這場選舉,希望同學明白公民的責任,學會選擇,也要學習不被選擇,日後遇見選民,要多謝對方。

她說,每年學生會選舉後,都會跟學生檢討。「選舉有贏有輸,有人開心得抱頭痛哭,也有人因為落敗黯然神傷,當下她們很有情緒,作為指導老師,我不想她們因為輸贏,從此棄絕這個制度。所以那一刻,我要說一些振奮人心的話。」

事隔多年後,她坦言第一次看到這個片段時,大感錯愕,原來曾經講過這些話,很坦白說,如果今天再有鏡頭拍著,未必如此暢所欲言。不過,她仍然認同當初那番話,也認同學生會選舉對於學生的意義,重要且深遠。

「選舉可以好公平、公正、公開。學生對於選舉制度能否有信心,在乎我們如何組織這場選舉。由設不設門檻給候選人、候選人如何介紹政綱、答問大會的安排,到點票的每一個細節、投票站如何營運、點票是不是透明、公開選舉結果是否迅速。我們在每一個細節都用盡努力,做到公平、公開、公正。」

她記得有一年選舉,投票時間即將結束,有位學生因為看守票站而忘記投票,問及能否酌情處理。她表明「不會因為你,延遲一分鐘關票站。」對方惟有一枝箭似的奔去所屬票站,事後亦多謝她:「沒有因為我是工作人員,給予我任何特權,令大家相信選舉是嚴謹的。」

十年過去，她不再是學生會的直屬指導老師，交過兩棒，但仍是學生會的顧問。英華仍有學生會，但這幾年因為疫情，選舉減少、上莊人數也減少。「現在多數只有一支莊，其實不是一件好事，有競爭先看到選舉的意義，多樣性要保留下來，讓大家有得揀。」

港大政治學出身的她，希望退休前，會再次看見有競爭的選舉。

為這代人做個紀錄

《給十九歲的我》可貴之處，不單是真摯地呈現千禧一代青春的鬱結和成長，更是呼應現實社會的變幻，昔日共同信守的價值。

她形容導演張婉婷：「唔係高高在上，你要畀我影，佢係追住啲細路，當細路拒絕，佢好徬徨，問我們點算。試想想，佢已經係國際級導演，卻紆尊降貴、低聲下氣，放下身段。你作為佢嘅師妹，你都會看在眼內。」

「你覺得佢做緊一件好有價值的事，而佢做這件事，不為私心，佢係想幫這代人做個紀錄。如果我幫到佢，我都唔會介意。因為多年之後，這會是一個時代的印記。」

因此對於拍攝內容、剪輯部分、片中一切，她直言：「我們無得話事，我們相信婉婷的選擇。」直至 7 月，她才觀看只得幾分鐘的預告片，同年 11 月校董會才第一次觀看製成品。

「用愛浸死她們」

　　那時候，她才第一次看見自己對著鏡頭，信誓旦旦「要用上帝的愛浸死她們」這句話，嚇了她一跳。「我問婉婷，可不可以剪走它，好誇張，自己聽完都滴汗。佢話唔得，講得咁好點解都要剪，唔剪。咁我尊重佢，呢個係佢嘅心血，如果人人都一句阿吱阿咗，咁唔使剪啦，套片就會變得不倫不類。」

　　話雖如此，但她仍有兩晚睡不著：「睇完嗰句說話真係好驚，人哋會唔會覺得我好誇張？」女兒出動安慰：「放心啦，你自己覺得有嘢啫，兩日後就無人記得啦！」後來她想通了，可能只是自己將自己放大，不要放大自己，就能放下執著。

　　說出那句話，是因為她覺得現在所做的一切，即使學生沒有明言接受與否，但她們的內心都會明白的。「我的經驗是，當你用心去愛，好少人會感受唔到。她們一定感受到，他日長大了一定會百倍奉還，多謝你。」

　　當學生不受落，開始想擺脫攝製隊，令拍攝陷入膠著時，她就這樣鼓勵張婉婷，「盲目地、持續地付出愛。那一刻，你無可能同佢哋計、佢哋會不會明，你只能相信佢哋會明。」

　　結果上映之後，不少人記得這句話，反映的是「原來大家咁珍惜教育當中的愛，大家都好想有呢樣嘢。」觀眾的反應，令她和一眾教育工作者感到很鼓舞。

懷疑人生

　　她覺得很幸運，因為這套片讓昔日的學生再次聯絡她，多謝她曾經的相伴。「你一直做都不知結果會點，間中都會懷疑人生。但這套片讓我收到一些正能量，就好似派成績表給我，讓我得到確認，很鼓舞。」

　　「因為很多時候，你不會當下見到學生有很正面的回應，更多的是拒絕，甚至有種疏離的感覺。你會很懷疑，是否我滋擾了她們？不受她們歡迎？不被接納？尤其是負責行政工作之後，處理棘手事情比接觸學生多，有時都會問自己，點解我要做老師？點解我要做呢樣嘢？日日處理棘手事情，真的會懷疑人生。」

　　「如果我可以感染曾經受過老師恩惠的人，返轉頭多謝老師的話，我會覺得很值得。」

　　說著說著，她哽咽起來。「因為有很多好好的老師，做了很多很多，都會懷疑人生，真係會好劫。最想做老師的人一定不是為了錢，最想回報的是生命的成長。」她覺得如果有更多人主動鼓勵老師，裨益必定會是下一代。

進入心扉

　　談起懷疑人生，這幾年多的是。她坦言，今天社會環境變得複雜，學生不再容易敞開心扉。她提到 2019 年要親近學生，歷來最困難。「自己會多了顧慮，不知道她們如何理解、

解讀自己的說話，說話會思量，自然有隔膜。當大人都有壓力時，小朋友當然也會有壓力。」

她覺得現在的社會氣氛看似祥和了，但師生的內心依然有種隔膜，氣氛不如從前，「無以前咁容易講心事，就算講都會過濾了。」

最明顯的分別是，以前在校園講不同政見的空間會較大。她記得，以前在她的課堂，討論國民身分認同，可以即席做民意調查，看看大家的選擇和原因。當時有學生認為，外國人覺得香港有獨特性，因而認同自己是香港中國人，但又有同學說，真實經驗是外國人一概覺得東方人全是中國人，不理來自何地。

「我覺得當時的對話好真誠，學生可以將自己的經驗分享，敢於表達她們不同的看法。但現在你會覺得這是一個敏感議題，大家不會太願意講自己的立場，也不敢質疑對方。整個交流和互動都不同了，我覺得很可惜。」

「如果年輕人在摸索自己的階段，有更多空間交流，我覺得各走極端的可能會減少。」

看見孩子

「就當是一種磨練。」

她在 1988 年開始做老師，1995 年重返英華女校執教，數數手指已經三十四年。早年教過經濟與公共事務科、經濟科、企業會計與財務概論，近年教過通識科，明年新學年開

始，教育局要求初中全面推行公民、經濟與社會課程，她也會接下這個燙手山芋。

回想起入行時社會穩定、事情有規律、學生很獨立，她認為今時今日，所有事情急速改變。「所以你會懷疑自己，但你要選擇不要停下來，要追上這個時代轉變、適應它。」作為老師，她覺得可以主動一點，與學生建立信任。

她打從心底覺得，教育應該賦予一個人更廣闊的胸襟和視野。她希望這個教育制度看見人的需要，而非很多劃一的要求，讓學生得到信任和力量，面對往後的人生和挑戰。「最想呢個制度能夠看見孩子。」

「我不知女兒認不認同，但我會給她空間。」她有一個女兒，自言不是一位虎媽。由學校走入家庭，她同樣覺得需要提供空間、指引和愛，才會令一個人成長。談到女兒，她總是甜絲絲又自豪地說，二人的關係 super close，大家會感激和珍惜彼此的存在。如今女兒已經 26 歲，她也要接受女兒即將離開自己。

從「小鳳老師」身上，她在不同時候，無論是禮堂清拆、課堂討論、抑或女兒之間，都流露一份 let go 精神，覺得要適時放手、給予空間。因為從《給十九歲的我》看見，那幾名女生無論有何鬱結和經歷，她們的生命力總是頑強，甚至比成年人強壯，很多時只需要對年輕人常懷希望。

梁雍婷

在別人痛苦中表演

「我很喜歡看新聞，日日都看，必須要看，因為演員除了要感受生活外，更加要了解這個世界。我覺得作為一個人，都應該要關心這個世界發生什麼事，無論本土或是國際。」

飲茶會跟部長混熟、平日會穿高跟鞋追小巴、上台還會絆倒咪高峰，鎂光燈內外的梁雍婷，平凡如許多城內的人，卻因為飾演被性侵的智障角色，讓她走上各大頒獎舞台。她說：「是的，我們的確做了一部很好的電影出來，但如果沒有這部電影就好了，這些悲劇就不會發生。你知道我所謂的表演，其實是在別人的痛苦提取出來。」

虛幻的電影，敲響現實的迴盪，她記得有次映後談，有觀眾說看完電影，想起很久沒有探望住在老人院的家人，這幾個星期接了家人外出逛逛。梁雍婷說：「我覺得這就是我希望可以做到的事情。」

父母離異　早熟不扭計

外形纖瘦，喜歡做運動，轉數快又健談，還說得上幾句泰文粗口。梁雍婷有一半泰國血統，母親是泰國人。她說，八十年代很多人憧憬香港，是一個可以很快向上爬，建立事業和財富的地方，不止泰國，許多東南亞國家的人，都想來香港發展。她的母親當時就抱著這個心態來香港打工，也認識了她的父親。

但這段婚姻關係未有走得長遠，父母離異，兒時的她一時由爸爸照顧、一時由媽媽照顧，有時更由叔叔和嫲嫲照顧。後來，媽媽返回泰國，她從小並沒有跟媽媽有太多相處的回

憶。但她說這段成長經歷，令她變得不易扭計、適應能力強，置身哪裏都能安然自在，就算在茶樓，也能輕易跟部長混熟。

她形容自己思想早熟，小時候已經分得清結婚和求婚的分別，也明白家庭、愛情和婚姻，其實是三個概念。當知道父母分開時，她反而看見，父母仍然很努力照顧她和家姐細妹的一面。

不再慵懶　遇上恩師

自幼跟嫲嫲居住，家裏永遠播放著由大氣電波傳來的聲音，皆因嫲嫲愛看電視、聽收音機，即使凌晨仍然播著、聽著，那個年代的流行文化，彷彿一直伴隨她的成長。她說中學的時候，自己不是一個用功讀書的人，又會經常遲到，但喜歡表演，喜歡被注視的感覺，考不上演藝學院，就考上浸會大學的影視表演高級文憑。

修讀表演，她明白演員講求自律。那時的她，變成班長似的，反過來叫人準時上學。別人中學認真讀書，升上大學盡情玩，她就反轉，中學不讀書，現在才認真起來，因為她覺得：「難得讀到自己喜歡的科目，不是應該要畀心機嗎？」投入，只因喜歡。

她也在浸大遇上恩師廖啟智，為她開啟進入光影工業的第一扇窗。當時廖啟智邊教書，邊為港台執導單元劇，會讓學生試鏡，為學生爭取演出機會。結果，梁雍婷被選中，還是學生，已經當上劇集《一念之間2》的女主角，在港台電視亮

相。她說，廖啟智對每一位學生都很上心，即使學生畢業後，在報紙上看見學生，又會拍下來傳送給對方，問問對方的近況。

廖啟智對她的啟蒙，不止於演戲技巧，而是提醒她為什麼喜歡演戲。她記得，廖啟智很喜歡《相約星期二》的劇本，當年有份功課要用到劇中的獨白，其實就是廖啟智想提醒學生，即將離開校園也要記得劇中的人生格言、人生態度、感受生命的意義。他跟她說過，要繼續尋找自己喜歡演戲的火花，堅持不放棄。

結果，她走上演員路十年，也逐漸出現令觀眾難忘的演出，遺憾恩師已無法見證，如劇中的教授一樣，早已撒手人寰。她說，有時想起對方，就會翻開《相約星期二》看看：「我有時候會想，如果你有機會睇《白日之下》就好了，你就可以告訴我，有何不足和進步的地方。」

視角色為一個人

電影《白日之下》講述殘疾院友被虐待，記者追尋真相，讓躲於黑暗的罪披露於白光之下，敲問司法與公義何在。梁雍婷在戲中飾演中度智障的院友「小鈴」，吃頭髮的親近、吃雪糕的秘密，還有無法闡釋的悲痛，讓她走上台灣金馬獎、香港金像獎和亞洲電影大獎的紅地毯。

她說，拍攝那幾年因為疫情，無法走進院舍，親身接觸智障院友。她是透過閱讀醫療報告、紀錄片和想像，來揣摩

角色。她覺得，作為演員要有同理心，視角色為一個人看待，感受對方，而不是單純模仿特質，因為縱使身心靈受到限制，但都一樣會有感受。

演戲常常講求的三部曲：觀察、模仿、想像。她說，如果單是計算著角色的動作，就是模仿；但如果能夠潛移默化，不經意地做出來，就是「being」，而她最想做到的就是「being」。

她記得拍攝時一停機，導演對於她的演出，沒有給予任何意見、評論或者說法。當時的她，就跟飾演另一位院友的周漢寧，兩個「院友」在片場中，戲裏戲外互相陪伴著大家。後來導演說：「唔使講咁多，你都已經做咗。」

在別人痛苦提取出來

這份「being」令她繼《藍天白雲》獲提名金獎像最佳新演員後，憑《白日之下》再次取得金獎像的入場券，獲提名最佳女配角。她說，這個感受跟當年提名新演員很不同，當年的興奮程度好像坐火箭一樣，覺得終於可以踏入香港電影工業。但這次提名女配角，感恩也感到平靜。

她想了一想說：「是的，我們的確是做了一部很好的電影出來，但我在想，如果這個世界上沒有這個電影就好了，這些悲劇就不會發生。所以對我來說，那個不會太開心，你知道其實我所謂的表演，是在別人的痛苦提取出來。」

「是不是要去到開香檳慶祝？我覺得這件事很有衝突。

可能下次遇到不是這樣的角色，我的感受又會不同，但至少我今次的感受是這樣，我覺得我們的議題本身嚴肅。」

至少記得　待人友善

她說，這部電影令她想起做演員的初衷，「有時候演員會拍一些電影，娛樂觀眾令他們開心，有時候也會拍一些社會議題和觀眾連結。我希望可以透過自己的表演，影響世界一點，或者未必可以影響制度，但是不是可以令觀眾記得，我們需要待人友善呢？」

她記得有次映後談，有觀眾說看完電影，想起已經很久沒有探望住在老人院的家人，對方這幾個星期就接了家人外出逛街，感受外面的生活。「我覺得，這就是我希望可以做到的事情，我希望演戲帶給我的快樂，不是太過物質，而是透過作品或跟觀眾見面，可以改變他們，或者連結他們。」梁雍婷說道。

「我經常都覺得藝術裏面，無論電影、電視、畫、詩都好，都是希望，我們可以找到人性美好或善良的一面，所以我會覺得，電影是希望我們可以成為更加好的人。」

面對當下的創作環境，她說可能有時會有些限制，悲觀地看，可能會覺得為何會這樣；但樂觀地看，就是今年金像獎看見很多新導演、新演員、新面孔，有一班人依然相信這個工業的前路，這個將來可能未必可以看到很遙遠，但至少可以好好地拍好當下的戲，做好當下的作品。

周漢寧

讓黑暗不敢作惡

短短一年間，大銀幕上至少有八部作品，看見同一副年輕面孔。墮入網戀的宅男、被束縛的殘疾院友、遭欺凌的校園少年，周漢寧猶如坐上一列火車，踏上電影業改朝換代的浪潮。問他頻頻被導演選中的原因，他笑著掩臉說不知道。訪問結束走到街上，他卻突然想起：「可能我夠普通，我不靚仔、不標致，我覺得自己很普通，可以代表一下普通人，做落地的角色。」

正正這份平凡，他跟觀眾一樣會看得激動。他曾在放映後哽咽地說：「有些黑暗會驚，他們不會那麼容易走出來。」想起飾演殘疾院友的遭遇，那份憤怒和無奈仍然會湧上心頭，他眼泛淚光說，人性永遠都會有黑暗，但當大家認知、談論事件時，伸向黑暗的爪，或許沒有那麼容易伸出來。他們正在做的事，就是讓它不敢作惡。

在自由中成長

在光影的世界，周漢寧經常飾演被欺負的對象，但現實中的他，卻經常哈哈大笑，問同事、問經理人自己的打扮可不可愛。「很多人誤會我是沉鬱的文靜小生，但其實我不是，我有很多能量，莫非我的樣子太慘了嗎？」

雖說平凡，但周漢寧不是來自草根階層。他自小在赤柱成長，就讀全港最大的直資名校聖士提反書院。寬敞的校園，厚實的歷史背景，再面向無盡的大海，他坦白地說，這個校園空間給予他很大自由。學校常鼓勵學生「think out of box」跳出框框思考，他的同學成績再好，也沒有選擇別人口

中的醫生或律師，而是忠於自己的內心想法，寧願當一位老師。他在中學目睹的是，大家都在追尋自己想要的生活。

放榜那時，父母沒有限制他的選擇和發展，當時的他還未清楚自己的路向，考慮過升讀大學商科。母親卻提議他，不如嘗試演藝學院。因為他的中學時光，會參加管弦樂團、合唱團、朗誦，生活裏面有很多表演，而表演的時刻，他總帶著開心。為了追夢，不理家人反對讀演藝的故事聽得多，反過來由家人推子女一把的例子卻鮮有聽見。母親對兒子的了解，為對方開啟了一條不一樣的路。

周漢寧在 2018 年演藝學院表演系畢業，隨即參演電視劇《教束》，劇中控訴強權制度，對學生的抑壓，剛好播出那年，劇中的故事在香港每個角落活活上演。往後他得到很多電影演出的機會，單單 2023 年，大銀幕放映過的《燈火闌珊》、《全個世界都有電話》、《遊》、《白日之下》、《年少日記》、《填詞 L》、《爆裂點》及《不是你不愛你》都出現他的身影。

回想起來，他的母親其實不確定當日的提議對兒子來說，是否一個好的決定，但他就說，很想證明給母親看，「你做了一個正確的決定，因為我很熱愛現時的生活。」以 28 歲之齡，一年上映八套有份參演的電影，或許已經是最好的證明。

我們在共鳴當中

在他參演的芸芸作品當中，其中一部電影《白日之下》改編自真實的殘疾院舍虐待事件，敲問制度與公義，也訴說

記者追尋真相的價值。他在片中飾演殘疾院友「明仔」，最終墜樓身亡。他形容劇本有重量，「明仔」的角色原型來自真實人物，真實經歷過一些傷痛，很沉重且需要被尊重，他不想辜負這件事。

「有些黑暗會驚，他們不會那麼容易走出來。」是他在映後分享時，說得激動、哽咽落淚的一句話。原來，他要再一次進入角色的世界，感受「明仔」的遭遇和情緒。那刻，大家對於這件事的憤怒和無奈，排山倒海一下子湧過來，他目睹有些觀眾哭、有些觀眾緊握拳頭，這些細節匯合起來，形成一股很大的能量，他感覺到當時大家都在同一個共鳴當中。

他常常都在想，「我們究竟可以做到什麼？其中一個很重要的就是，當大家都認知、都討論這件事時，伸向黑暗的爪，不會那麼容易伸出來。」他始終覺得，人性永遠都有黑暗的一面，關鍵只是那刻有沒有付諸行動，他們拍的電影、做著的事，就是令它不敢，不敢作惡、不敢伸出那黑暗的爪，是這部電影的重要意義。事隔多月，再次想起，感覺又再湧上心頭，眼眶泛起淚水。

天堂的光不珍貴

學院派出身的周漢寧，相信悲劇的力量。如果很學術地說，就是由古希臘開始已經出現悲劇，那時的人相信悲劇有「淨化」的作用，通俗地說，就是看見別人淒慘時，或許會珍惜自身的幸福。但對他來說，他覺得悲劇可以看到人性的堅毅，特別在苦難當中，才可看見人性的光芒。

他坐在後樓梯受訪，周遭的環境昏暗，唯獨有一個小窗口，把一束光灑在他的臉上，那少少的光頓時變得珍貴。這讓他想起：「黑暗中有一點點光，你會突然明白多了光是什麼。光的本質、善良的本質是什麼？可能在天堂，反而不會意識到，因為它遍地都是；當它缺乏的時候，你才會認知到它的重要。」

電影和現實，他的角色最終都以悲劇收場。望向那個通往光的窗口，他對於「明仔」的投入和感受，可能只是當事人的十分之一，甚至絲毫也稱不上，但他希望「明仔」家人相信，「明仔」已經去了一個好的地方。

簡單地相信愛

他覺得，電影有很多功能，可以是一個出口、可以是提出問題的一個方法，又或者只是單純地享受一個故事，讓人笑一笑、哭一哭。

他很喜歡一部美國電影《鐵甲鋼拳》（Real Steel），片中男主角是一位過氣拳手，醉心研究機械人拳擊，與兒子關係疏離，遭遇拳賽、經濟和家庭上的連番失意。他的機械人沒有先進的零件、沒有致命的攻擊力，但就很耐打。最後在一場拳賽中，捱過一拳又一拳，堅守到底，而父子關係也在過程中得到修補。

他說，男主角被淘汰後漸漸沉淪，但在兒子的鼓勵下振作成長，「我覺得好 empower（鼓舞）到我，我會再勇敢一點行每一步。當我很累的時候，會告訴自己：來吧，再行吧！」

對比自己有份參演的作品，他說《白日之下》和《年少日記》，除了談及院舍慘況、學童輕生外，其實也想表達與家人的相處，如何陪伴身邊的人。「可能看完電影後，十個人之中有兩個人收到這個訊息，然後對身邊的人關心多少少，累積起來，可能有幾萬人都對身邊人更好，然後這個世界就會更好，大家會更開心、更互相愛對方。我還是很簡單地相信愛。」

　　他認為，「生活在什麼地方的人，就會製造出怎樣的電影。我很相信，你看不同地方的電影，就會明白那個地方，大概是怎樣的。因為電影顯示了一個城市的節奏和文化。」常常都有人會形容以前的香港電影很輝煌，但他說，自己走進這個行業後，錯過了他們所說的時代，沒有覺得可惜，「因為我們的時代，就有我們做電影，有一種新想法，一直向前走。」

岑珈其

努力變得更好

因為無人識，稱不上高大英俊，即使劇本度身訂造，在投資者拒絕下，都要拱手相讓，另覓其他男演員。當機會再次回到岑珈其手上，又因為疫情，戲院被勒令停業，上映再三延期。後來他加入《試當真》、拍攝《膠戰》，慢慢入屋，開始多人認識，一套獨立製作小品《緣路山旮旯》沿路直上，衝破900萬元票房，無論演員或製作團隊，都無人始料得到。原來，一切講求時機。

票房創奇蹟、口碑也不錯，但岑珈其未收貨，覺得故事發展和人物鋪墊上都可以交代得更好，未稱得上是自己的代表作。這個人，有些要求。其實他已經出道十四年，當年手執過導演筒，拍過記錄成長故事的《活在當下》，更拿過獨立電影比賽 ifva 金獎。這個人，還有些本事。

他現年 32 歲，已經成家立室，還有一個小朋友。他表明不想移民，因為家在香港。「我從小到大在香港成長、生活，經歷很多，我會想小朋友經歷爸爸曾經在這裏經歷的。我希望自己可以努力啲、做好啲，唔敢講可以令呢個地方變好，但希望可以令自己變得更加好。」對於下一代，他認為不應設下太多規限，做個善良、有禮和孝順的人，這樣已經很足夠。

表演慾「蝴蝶效應」

岑珈其在屯門長大，一家七口，五兄弟姊妹當中，他年紀最細。小時候，爸爸會駕車上山，帶一家人看香港夜景；週末一家人也會在厚重大電視前，一同看影碟。他跟父母的

關係不差，爸爸教他們，一家人走在一起是種緣分，要儘量去愛對方，從小讓他明白家庭觀念。

不過，他說阿哥家姐經常不理他、只顧著自己玩，為了爭取他們的注意，他很有表演慾。「電視機嘅人講咩，我就學佢哋、扮佢哋講嘢，播主題曲，我就會跟著唱，阿哥家姐就會望過來，覺得好好笑。」他覺得，這可能就是日後當上演員的「蝴蝶效應」。

他讀書成績不好，中三被踢出校，有社工跟進。當時導演麥曦茵正籌備開拍《烈日當空》，問過這位社工朋友，有沒有學生可以受訪用來資料搜集，看看那時的年輕人想什麼、玩什麼。就這樣，麥曦茵讓岑珈其接觸到夢想，把他帶入《烈日當空》，初嚐演員的滋味。

電影在 2007 年拍攝，2008 年上映，岑珈其算是那年出道。「當時拍完《烈日當空》後，很迷惘，算是做了演員？咁之後呢？又無人搵我，咁應該如何行下去？」於是麥曦茵問他：「想唔想試吓拍嘢，都叫同呢個行業有關，你可以拍一啲你想講嘅嘢，你有沒有嘢想講？」

他說不知道，麥曦茵就借了一部 DV 機給他，叫他拍下眼中看見的一切。那時候，他就從自己的視覺，記錄周遭的人與事，拍下自己的成長故事《活在當下》，後來更在獨立電影比賽 ifva 摘下金獎，開拓自己的創作路。也因此，在那個比賽認識了今天《緣路山旮旯》的監製，緣分老早已經埋下。

「我要被說服」

導演黃浩然上一套作品《逆向誘拐》，岑珈其有份參演，往後不時會「撳」導演：「你下次拍戲，試吓寫我吖？」果然，黃浩然創作《緣路山旮旯》時，就是按著岑珈其來寫，但寫完找投資者，得到的回覆是：「基本上畀所有投資者拒絕，當時無人認識我，看我的外形很難想像讓我當男主角，提出會不會可以換人？」

的而且確，導演往後有物色其他人選，但有位男演員推演，又有位男演員無車牌，膠著之時，大家再次想起岑珈其。「很早定了男女主角人選，大家對女主角沒有問題，但我要被說服。」他多謝導演、監製，也多謝女主角余香凝有份幫口，說角色很適合他、合作很有火花，提議用他。

「呢個機會很難得，知道背後他們很努力幫我去爭取，我很想做到最好，希望不要令他們失望。人哋咁想搵你，你要好好表現自己。」

「原來做演員控制唔到好多，我可以說服導演，撳一個機會，但最後可以係咩都無，嗰刻就只可以係等，等個機會會唔會去番我度。能夠做嘅已經做咗，有啲位唔係你決定，唔輪到你去控制得到。所以我很珍惜每次演出機會，因為每次機會都是得來不易。」

「多謝堅持用我。」

自知不足　少少遺憾

上映初時，岑珈其心底期盼過：「我希望票房過到 100 萬元。」

截至 2022 年 9 月 8 日，《緣路山旮旯》的票房已經衝破 900 萬元，基本上已經回本，也多過黃浩然之前兩套作品的票房總和，甚至以翻倍計。這個成績，是一個奇蹟。

但他覺得，未稱得上是一套對自己有交代的作品。他坦言《緣路山旮旯》有很多不足，無論是自己的演出抑或整套電影，他都覺得可以做得更好更仔細，「明白 budget 只有 270 萬元，拍攝連補戲只有十二日，真的好有限。有時好想拍多幾 take，但又知道無咁多時間，要落下一場，都會好擔心觀眾唔鍾意。」

即使整體故事發展、人物成長，他認為都可以交代得更多，但無時間去拍。「你越多錢，每一場可以拍得越仔細，甚至你可以拍很多場；但無錢的時候，就只能簡單講、犧牲唔交代，有時都會覺得爭啲。」

例如他和余香凝互生情愫的過程，就只能靠兩場戲交代，一場是吃飯戲，二人捉著手；一場是岑珈其生病，余香凝用額頭為他探熱。「如何促成這份情，其實只有很少部分，很多只能靠口講交代，有少少遺憾。有很多 long take，都無得拍多幾 take。」

這齣電影曾申請政府資助，如果獲批，開拍資金會比現有多一倍，即是如果現在有 12 組戲，多了這筆錢，就有資源

增至 24 組，他頓時瞪大眼睛說：「每一日拍多少少，拍仔細多少少，場口、打燈、劇情都會很不同。」但最終政府沒有批出資助，他覺得很可惜。「我都唔知可以點，錢係得咁多。如果有得畀我揀，拿到資助的話，我寧願再拍得好啲。」

「我覺得，今次是天時地利人和，成為一套大家喜歡的作品。」

多謝電影

作為一個喜歡電影的人，他覺得電影是一個夢工場。一齣電影，可以感受到導演的創作和一班團隊的努力，會帶來希望和動力。「如果你走入戲院，看到一齣好作品，你會覺得很開心很滿足，心靈上好似袋咗一啲嘢。」

他還覺得電影可以記錄很多畫面，《緣路山旮旯》其中一個想法，就是想拍下香港風景，「因為你知道嚟緊可能會拆、未必會係咁。」他說：「現在我們看回以前的電影，《旺角卡門》、《烈火戰車》、《天若有情》，嘩以前係咁㗎？間教堂仲喺唔喺度？慶幸以前的電影幫我們記錄了很多香港的風景。」

入行十四年，早期自己創作自己拍片，麥曦茵作品總留一個位置給他，不少港台外判電視節目也看見他的身影。近年走入公仔箱，不時亮相 ViuTV 節目，《仇老爺爺》、《二月廿九》、《教束》、《膠戰》等，由電視劇到綜藝都見到他，屈指一算，他的演藝履歷相當不錯。

但他坦言，起初十年「完全搵唔到食」，都會覺得辛苦、都會想過放棄，「呢行最難捱的是，生活不到，沒有演出機會。」慶幸的是，自己又稱不上特別辛酸，「比我辛苦的人，跟我同等辛苦、努力的人，大有人在，我不覺得自己有什麼大不了。」

很老實說，《緣路山旮旯》上映之後，他的確工作多了、收入多了，「做到呢一刻，行到舒服的路，現在不是找到什麼大錢，但起碼可以養到屋企人、自己一個小小家庭，也可以接觸到不同演出機會，我覺得很感恩。」

為地球留意義

「當然如果你問我，我心目中排第一的，一定都是做演員，電影行先，之後是電視劇。如果有機會都會想試吓舞台劇，繼而是綜藝、主持。而所有表演最終都是希望帶到歡樂、正能量給觀眾，我覺得很有成功感、很滿足。」

他收過觀眾訊息，原來對方很不開心、想過結束生命，但因為看到《膠戰》很開心，覺得找到一些寄託。「你就知道，你的工作帶給人一份希望，你不可偷懶。」這十四年來，他覺得如果自己有作品，曾經令觀眾開心過，帶來一點正能量，那作為人來說，都叫有些意義，都叫為這個地球和社會，留下一些意義。

他還有些故事想說、想去了解，例如早幾年前的學童自殺問題。尤其是他小學時曾經被欺凌，上到中學可能想保護自己，變成跟欺凌者做朋友，反過來一齊欺凌其他人。他內心敲問的是：「點解可以咁？點解當中無一個人出現？點解整個過程都無人指導我們？」後來，他看到曾國祥執導的《少年的你》，一套講述校園暴力、欺凌的電影，令他很有感覺。

他說現在腦海裏，想拍一個關於父親的故事，因為早幾年爸爸過身，令他對家庭、親情、人與人的交流有很多感受，「想做一件事，送一份作品給爸爸。」再加上，他現在已為人父，更加明白「很多事不能再小朋友，無形中也會想做一個好榜樣。我個仔得一歲多，而家已經擔心緊佢將來、健康、會不會學壞、會不會被人蝦、擔心很多⋯⋯」

「是不是真的無得救？」

對於下一代，他覺得「叻唔叻無乜所謂」，大人不應該設下太多規限，只要做個善良、有禮和孝順的人，已經很足夠。

戲裏戲外，他跟很多香港人一樣，想過移民的問題，但他覺得，每個地方都有好與不好的一面，「是不是一定要去到移民？是不是真的無得救？是不是真的不愛這個地方？畢竟是自己出生的地方，有咁多回憶，自己仲喺度做緊表演，你的家人？朋友？回憶？是不是不一定要選擇移民呢？」

「如果我就咁移民，我覺得很難行下去。」

「我從小到大都在香港成長、生活、經歷很多，我都會想小朋友經歷爸爸曾經歷的事。這是我家鄉，兒子在這裏成長很合理。我想探索這個世界，但不是想移民，我的家是在香港。」

　　「我希望自己可以努力啲、做好啲，唔敢講可以令呢個地方變好，但希望可以令自己變得更加好。」

孔慶輝

在枯木下生花

觀眾問導演孔慶輝:「為何由劇場人轉行拍電影?」孔慶輝回答:「不知算不算轉行,因為澳門根本沒有電影這個產業。」

　　澳門電影《海鷗來過的房間》在不足 70 萬人口、沒有產業下,以 200 萬元低成本製作,拍下一套澳門文藝故事,飄洋過海,入圍台灣金馬獎,也摘下香港國際電影節華語最佳導演。在枯木下生花,孔慶輝自有一套哲學:「既然無產業,就做一套很有強烈個人風格、識別度較高的作品出來。」彈丸之地,狹小舞台,仍可耀目亮眼。

真實與即興

　　孔慶輝是一個劇場人,由中學開始接觸劇場,畢業後在台灣讀廣告,但稱不上拍戲,很多時只是行銷、度橋。回來澳門後,他自組劇團,繼續劇場創作。他覺得,戲劇讓他接觸世界,但在澳門,人少產業窄,以劇團維生不易,好幾年很吃力,也不斷掙扎轉跑道拍片,還是繼續做劇場演員。拍過幾套短片,後來獲得資助,開啟他首部劇情長片,談一個關於自己的故事。

　　在劇場成長,會反覆敲問本質是什麼?意義是什麼?經常會問為什麼?過程是痛苦的。劇場和電影都是幻象,而這個幻象要令人相信是真實的,但真實要去到何種程度,才可以令人信服?作為演員,怎樣演得真;作為編劇,如何寫得真。這樣的迷思,讓他不時走入創作的深淵。於是他把心一橫,將劇場的「即興創作」放入電影當中,沒有既定的對白,讓演員真實交談,撮成一個生活感、真實感較重的劇情電影。

被凝視的社會

表面看來,《海鷗來過的房間》像是一套同志題材電影,成熟男作家喜歡上年輕男租客,但看過電影的人,都會發現不止於此,更是一套談創作、談壓抑、尋求釋放自我的電影。

孔慶輝要談一個自己的故事,不是他經歷性向疑惑,而是他覺得,作為一個創作人要真正表達自我,和作為一個同志要面對自己的慾望,兩者面對的壓力很相似。甚或身為一個澳門人,要表達自己的想法,其實也不容易。因為澳門是一個被凝視著的社會。

他將這種被凝視的感覺,用情節刻劃出來,片中有一幕,正是作家偷偷窺探租客的生活、一舉一動,甚至是私密的歡愉時刻。現實中,他也會在家中安裝攝錄機觀看年幼女兒,女兒不知道被凝望著,所有反應都很活生生,他說「不懂形容是一種怎樣的感覺,好像有一種權力,你見到別人,別人見不到你,是一個很特別的心理狀態。」

作家又好,創作人也好,還是需要觀察世界的人都好,其實有時都有一種「窺探」別人的特質和感覺。又或澳門對他來說,本身就有這種感覺,人與人之間的連繫太緊密,往往很難走出別人的眼睛,一句說話、一個行為,很容易長存下來,從此被定義起來。

問題是,被凝視之下,如何面對自己的內心。

坦誠面對自我

他認為，很多人喜歡戲劇，可能是因為可以認識自我、放大自我、得到別人的認同、滿足表演慾、站在鎂光燈下，但真正的戲劇是要懂得限制自己，「你要喜歡你心目中的藝術，而不是喜歡藝術中的自己，學習戲劇其實要經常放低自我。」

電影中也有引用俄國戲劇大師史坦尼斯拉夫斯基的一句話：「沒有小角色，只有小演員。」用來提醒片中的男主角。孔慶輝覺得，這句話固然正確，但其實也是一種極致的追求，完全放下自己，其實很難做到。他甚至覺得人總是虛偽的，雖說要放下自己，但敲問內心時，又會有種矛盾。他在片中，將這份感覺說出來。

片中男主角最後「no show」臨時失場，沒有做到這個對藝術最極致的追求，但起碼，他坦誠面對自己內心的感受。

海鷗與自由

電影引用不少俄國劇作家契訶夫著作《海鷗》的對白，原著寫在 1895 年，正值俄國工業革命後社會急速轉型、帝國政權與資產階級拉扯，社會瀰漫壓抑與躁動的時代背景下。原著出現的三次海鷗，被解讀成被現實擊倒、沒有個人意志和不向現實屈服的人。海鷗象徵自由，孔慶輝在一場映後分享說過，澳門是一個沿海城市，理應都有很多海鷗，但就有一種壓抑的感覺。

他很強調，自己不是說議題的導演，創作時也沒有很刻意扣上任何議題。如要很誠實地說，影片本身反映的狀態和感覺，就是一個澳門故事，澳門人的身位，如何看自己、如何看世界。「你一日喺呢個地方就一日會有呢個感覺，你只可以選擇適應佢，或者離開佢，你身為香港人，你都會明白呢件事。個世界就係咁，但你面對佢，望清楚佢都已經好難得。」

純粹做創作

十年前，澳門參考台灣文化部向新導演發放輔導金的做法，開設「電影長片製作支援計劃」。同一年，香港也推出「首部劇情電影計劃」。

這部作品的成本近 200 萬元，澳門文化局只會資助七成，上限為 150 萬元，也要求製作團隊須同步尋覓其他投資者，才會發放資助。孔慶輝解釋，澳門政府的原意是希望創作團隊對外建立網絡，但實際上，澳門根本沒有電影產業，當走到香港、台灣尋找投資者時，外地的競爭亦會很大，新導演無拍過長片、無人脈、無知名度，題材又圍繞澳門，得到投資的機會其實很難。

至於香港的「首部劇情電影計劃」，商業組最多可獲 800 萬元資助，毋須尋找額外資金。相比之下，他認為創作團隊不用花上太多時間找資金，可有更多時間和精力放在創作上，作為新導演，關鍵就是拍完第一套長片，拿出這張「卡片」繼續發展下一部作品。

這方面，卻是香港較為可取，港澳兩地同年推出資助計劃，香港今年走到第八屆，澳門只去到第五屆，資助金額現時僅提升至 200 萬元。

　　對他而言，「既然無產業，就做一個好有強烈個人風格、識別度高啲嘅作品出嚟，我會想純粹啲，純粹做創作，作為澳門電影，會有一樣特別嘅嘢出嚟。」

　　孔慶輝是第二屆獲資助導演，他在 2016 年申請，2018年獲批，2021 年開拍，去年完成作品開始上映，隨後入圍台灣金馬獎最佳新導演、最佳攝影、最佳音效。今年香港國際電影節，作品飄洋過海，來港上映，也摘下「火鳥大獎」華語最佳導演。當日撒下的種子，發芽成長。

岑依霖

將多元宇宙變得貼地

尋遍宇宙，只想找一個明白自己的媽媽；走遍宇宙，還是會選擇這樣的女兒。或許這就是《奇異女俠玩救宇宙》其中一個牽動人心的部分，由奇幻題材、瘋狂剪接，最終走遍國際，享負盛名。在香港上映的版本，會看見港人熟悉的面孔、會聽見廣東話，更會出現「又」、「賣剩蔗」、「賤過地底泥」等融入本地特色的字幕，這都是出自電影翻譯岑依霖的手筆。

因為熱愛電影，她一年多前開始，兼職翻譯本地上映的外語片，這齣電影近二千句對白，大約兩星期起貨。她說，翻譯過程會加入潮語、與時事有關的金句，甚至是網絡熱話「Meme」語句，除了讓本地觀眾有共鳴外，更重要是，字幕跟文學、藝術或電影本身一樣，也是記錄和印證時代的載體。

翻譯年資不長，卻譯得一齣好片。家人看見女兒的名字出現在大銀幕上，覺得很厲害，會有很多錢，但其實不然，每齣電影的翻譯視乎製作規模，酬勞大約幾千元。她說：「文字工作者從來廉價，做得電影這行都是為興趣，你一定要愛呢一樣嘢，你先做得到。」

和香港的距離

「雞蛋六隻，糖呢就兩茶匙，仲有啲橙皮喺。」這句出自香港的經典廣告對白，其實埋藏在電影《奇異女俠玩救宇宙》的字幕當中。片中貝果「Everything Bagel」變成黑洞般，會吞噬人的良善，女兒跟楊紫瓊講述貝果裏的材料，最後一樣是「鹽」，英文只是簡單一句「salt」，但港版就譯作「再

落啲鹽㗎」，其實是呼應那句經典廣告對白。

有一幕，楊紫瓊知道丈夫想跟她離婚，落寞地走到洗衣店門外，跟那名不斷追數的稅局女人嘆道「unlovable bitches like us」，港版譯作「賣剩蔗」。又有一幕，楊紫瓊和女兒在其中一個多元宇宙化身石頭，討論宇宙萬物時形容自己只不過是「piece of shit」，港版也譯作「賤過地底泥」。

片中提及的「Family Plan」，就以本地電訊公司的「全家享計劃」作為譯名；主角一家在洗衣店開派對時，用的「Karaoke Machine」，也譯作香港較易接觸到的「唱K神器」；那個稅局女人的角色名 Deirdre，根據音譯、角色外形和食字，最後變成「戴嫲」。還有「一啖砂糖一啖屎」、「又」、「吊吊揈」等譯法，都有濃烈的香港味道。

一套美國電影走入香港市場，除了片中出現香港人熟悉的面孔、偶爾聽得見的廣東話外，融入本地語境的字幕，也是拉近和觀眾距離的媒介之一。就如只有本地觀眾才懂得會心微笑，明白「玩救宇宙」的諧音趣味，也正好說明三地譯名的分別所在：香港叫《奇異女俠玩救宇宙》、台灣叫《媽的多重宇宙》、中國內地叫《瞬息全宇宙》。

字幕是記錄時代載體

岑依霖說，一般外語片約有一千至二千句對白，《奇異女俠玩救宇宙》較多，有近二千句。翻譯的工作，包括戲中所有對白、畫面上出現的字，如地方名、店舖名、手機上的訊息等。翻譯也可建議角色名和戲名，但兩者則由發行商最終決

定。跟放上 Google 翻譯不同,她強調一邊觀看片段一邊翻譯,了解角色語氣、掌握劇情發展,譯出來的內容才會傳神和準確。

除非發行商有特別的要求,否則翻譯的風格、用書面語還是口語等,都很取決於譯者本身。她覺得,如果是一齣恐怖片,翻譯或會較為通俗,因為貼近生活,觀眾才能融入其中感到恐怖;但如果是一齣文藝片、古典音樂劇,她就覺得太地道的廣東話,或會跟電影不相符,翻譯風格也取決於片種。

一般而言,在不影響電影文本下,她會將對白轉換成廣東話,將劇情投放在本地觀眾理解得到的語境,甚至是「食字」笑話當中。她會用本地人熟悉的名、潮語、與時事有關的金句,甚至是網絡熱話「Meme」語句。她覺得,除了讓本地觀眾有共鳴外,更重要是字幕跟文學、藝術或電影本身一樣,也是記錄和印證時代的載體。

台版「你現在是王安石」掀超譯爭議

這齣電影在台灣,曾經因為字幕掀起爭議。當楊紫瓊和女兒變成石頭時,有一句對白說「Just be a rock」,台版譯作「你現在是王安石」,主角一家姓王,現在變成石頭,再取其歷史人物的諧音;其他片段如「Because it's all just a pointless swirling bucket of bullshit」也譯作「這一切都是大便版咒術迴戰」、「unlovable bitches like us」更譯作「武媚娘愛缺」等,被質疑是「超譯」,片商也要致歉。

岑依霖覺得，台版翻譯有趣，譯者語文根底深厚，「可能佢見到套戲玩得好癲，自己都想玩埋一份、癲埋一份，但字幕只有幾秒，觀眾未必明白佢的笑話，又或佢的笑話太深奧。」香港遲過台灣上映，亦即是在台版風波之後，她才翻譯港版字幕，她都會感到壓力和反思，戲中已經發生很多事情，每句字幕只得幾秒時間，如果觀眾看見太複雜的翻譯，可能會出現「我究竟睇咗啲乜嘢」、「仲難過自己聽」等情況。

翻譯的確有創作的空間，但她覺得，字幕應該只是一個輔助角色，幫助觀眾理解一齣電影，翻譯應該要儘量「stay true」，根據電影文本，再融入本地文化，而大部分時間都不應太察覺到它的存在，避免喧賓奪主，「如果每一句都令到你出戲，要你思考太多，咁就有少少失去它的原意。」

沒放棄香港語言

她讀中文系出身，喜歡寫作，做過藝術電影頻道的刊物主編，目前兼職電影翻譯一年多，翻譯過近十套作品。以她的觀察，發行商引入外語片後，一般都會找自由工作者翻譯，有時電影製作規模不大、沒有太多預算，也有機會由發行商職員自己翻譯。

但她不覺得國際電影的舞台上，會放棄香港這個地方的獨特語言，畢竟請人翻譯的成本不高，一齣電影的翻譯酬勞都只不過是幾千元。有趣的是，家人看見女兒的名字出現在大銀幕上，覺得很厲害，會有很多錢。她不禁說：「文字工作者從來廉價，做得電影這行都是為興趣，你一定要愛呢一樣

嘢，你先做得到。」對於熱愛電影的她，覺得能夠成為一分子，已經很滿足。

珍視人與人連繫

港版字幕要香港人看得明白，當然要熟悉這個地方，但她更覺得作為電影翻譯，還要對這個世界有所認知，「例如一套美國片會有很多美國笑話，你要看得明，每套戲講嘅嘢唔同，有時會遇到動物、大自然、催眠等題材，你要做功課、做資料搜集，才能明白他們講嘅嘢，唔係要對身處嘅地方有認識，而係要對世界有認識，對不同文化有概念。」這也是跟放上 Google 翻譯不同，講求譯者本身的個人判斷。

人工智能冒起，Chat GPT 更風行世界，有人豪言會取代很多工種，其中一樣是翻譯。對岑依霖而言，「作為文字工作者、寫作的人，你聽完受訪者的說話，再寫出來，這個過程，你消化咗受訪者同你講嘅嘢，中間可能會找到自己的連繫，加入自己的想法，那份人與人之間的連繫，人工智能卻暫時未能做到。」

她覺得文字、藝術、音樂也好，都需要有人類情感，「好似作曲咁，現在有程式撳一粒掣，就可生成不同樂器的聲音，但始終跟現場演奏聽到的震撼很不同，希望呢個仍然是大家執著嘅嘢。科技帶到畀你好多嘢，但是否只追求便利呢？」

曾國祥

儘量還原歷史

香港導演踏足 Netflix 影視王國，英文原創劇集《3 體》改編中國科幻小說、涉及文革批鬥情節，其中兩集由香港導演曾國祥執導。作為製作團隊唯一華人導演，曾國祥說希望盡量還原歷史，保留原著主角的經歷，令觀眾可以同情和理解主角遭遇。

會否擔心這劇為他日後在中國的創作帶來影響？「你說完全沒有想過，當然不是，當然不會沒有。」但他覺得，原著是華文小說的重要里程碑，現在拍的內容，都是來自小說，沒有加任何東西抹黑，所以不會想太多，榮幸自己有份參與。他一直想拍的電影，就是令到大家對不同的人有多一份諒解、多一份同理心。

盡量還原歷史

Netflix 劇集《3 體》（3 Body Problem）改編自中國著名科幻小說，將於 2024 年 3 月 21 日全球上架。在原著作品，以文化大革命為背景，大學物理教授葉哲泰，因在課堂引入西方的相對論、宇宙大爆炸理論，而遭紅衞兵批鬥，被幾個女學生用皮帶活活打死。他的女兒葉文潔親眼目睹，書中形容她「聲嘶力竭地哭叫，但聲音淹沒在會場上瘋狂的口號和助威聲中。」往後，葉文潔向宇宙發出電波，令高度極權的「三體世界」走向地球，以各種手段消滅地球的人類和社會。

這部科幻小說曾改編成不同影視作品，Netflix 購入版權後，自家製成英文原創劇集，由《權力遊戲》的創作班底

製作，並找來香港導演曾國祥執導第一集和第二集。曾國祥指，因為自己是團隊入面唯一的華人導演，製作方希望他負責中國元素的部分，主要拍攝葉文潔這個角色的故事線。而他就希望儘量保留原著有關葉文潔的經歷，儘量還原那段歷史。

凡是過去　皆為序章

曾國祥以往的作品，聚焦小人物的細膩關係較多，鮮有處理宏大歷史背景的故事。

這次執導，要處理劇中的文革情節，他說當然會緊張，畢竟涉及一段重要的歷史，唯一可以做的，就是多做功課。「無論歷史書、參考書，還是口述歷史都會看，提及該段歷史的電影《芙蓉鎮》、《霸王別姬》，抑或是紀錄片，全部也找出來看，儘量讓自己了解更多那個年代的人經歷了什麼。」

昔日在多倫多大學社會學系畢業，他自言喜歡歷史。對他來說，以前發生過的事，只是一個 prologue（序幕），隨口便想起一句名言：「What's past is prologue.」意思即是說「凡是過去，皆為序章」，那是出自莎士比亞的《暴風雨》。

他覺得歷史令人感慨的是，即使科技不斷進步，但人性其實沒怎麼變過。「我覺得看歷史最大的感慨，就是好像這麼多年、這麼長的歷史裏面，人性都沒怎麼真正進步過很多，都是這麼自私、這麼殘酷。我們一直都是這樣。」

呈現有血有肉　盼感染同理心

所以在他心裏，最想呈現的不是那段歷史的論述，而是一個人的遭遇。「我沒有覺得要在故事裏面說一些政治表態、關於歷史的總結，我何德何能去做這些，我完全沒有這樣想過。對我來說，最重要的任務是，令觀眾看見葉文潔是一個有血有肉的人，可以設身處地，同情和理解她的遭遇和決定，因為她最後做了一個決定，影響整個故事，影響到全人類。」

他從來都不覺得電影可以改變世界，可以改變到什麼，但自己一直想做、想拍的電影，就是希望令到大家對不同的人有多一份諒解、多一份同理心。幾年前，他入圍奧斯卡的作品《少年的你》，正正著墨別人眼中的小混混，另有的一份善良、甘願犧牲的愛。

「我比較喜歡灰色的東西，一些很難用黑白來定義這個人好還是不好。我喜歡探討一個人的多面性，我很想將一個好人黑化，一個壞人突然又變回好人。這些複雜性，對我來說很吸引，因為現實世界就是這樣，無一個人是絕對的好人，無一個壞人是絕對的壞人。」

榮幸參與　沒有任何抹黑

原著將文化大革命形容為「瘋狂年代」，他這次執導，要將中國歷史上這段「瘋狂年代」呈現出來，會擔心影響往後在中國的創作嗎？曾國祥答得坦白：「你說完全沒有想過，當然不是，當然不會沒有，但在我而言，能夠參與是非常榮幸。」

他覺得，原著是華文小說一個很重要的里程碑，「我不覺得這本小說，會令中國人不光彩。我們現在拍的內容，都是來自小說，我們沒有加任何東西抹黑，是忠於原著的方向去做，所以我不會想太多，不想讓那樣東西太過綁著自己。你可以說我做得不好，但我很開心、很榮幸可以參與到這件事，我會儘量努力去做。」

美劇製作初體驗

跟以往自己做電影導演、主導一切不同，這次《3體》由《權力遊戲》的班底 David Benioff、Daniel Brett Weiss、Alexander Woo 擔任節目統籌（Showrunner），另有來自美國、澳洲和加拿大的導演共同執導。在美劇的製作模式，節目統籌才是整個作品的「主腦」，製作講求高度的溝通和團隊合作。

曾國祥說，初時都會不適應，但明白自己的角色後，不斷的溝通，某程度上或可激發創作。而今次作品亦涉及不少特技畫面，因為製作團隊已經很成熟，大部分都是《權力遊戲》班底，拍攝的前期準備很足夠，有很長時間討論如何拍攝，他說可以很任性地想像如何拍，團隊再告訴他可不可行。

他覺得美劇這種模式，可取在於節目統籌會衡量每一集最重要的元素，找相應的導演負責，例如這兩集要拍很多特技，他們就會找一個擅長拍特技的導演來處理。所以美劇可以很精細和精彩，就是在於他們找不同專長的導演來執行。那當然背後的問題是，每一個導演的拍攝風格都不同，如何

將不同導演的風格，合成一個作品，又不會跳脫怪異，就要靠節目統籌的功力。

香港有技術、缺資源

往外走的經驗，令他看見香港的條件和不足。「技術上，我不覺得我們輸很多，我不覺得我們差，我覺得香港的電影工作者都很專業。只不過資源上，就一定是差很遠。最重要是時間，香港永遠都要快、準，但人家有很充足的資源、很充足的時間籌備所有東西，打燈都可以早一兩天去打燈，而我們打燈只是早一兩個小時去打，分別太大。」

意思即是說，在外國，如果星期三拍攝，早在星期一已經開始佈置燈光，讓導演有很充足的時間設計鏡頭和畫面，追求更好更精細的效果。但在香港，就可能只有拍攝前幾個小時佈置，分別太大，無法比較。

實際困難　廣東話題材無人要

正當台灣《華燈初上》、《人選之人》、《此時此刻》、《愛愛內含光》一部又一部原創劇在 Netflix 上架，進佔華語市場，讓台灣的演員和文化，被世界認識的同時，原創的香港作品仍然無影無蹤。

曾國祥說，這兩年來一直努力開發，希望可以拍到一些香港本地題材的串流劇集。但現在面對的問題是，劇集這個領域、甚或某個程度上電影都是，其實廣東話的內容無人要，主要只有香港人市場。

他說，八十年代即是大家所講的香港電影黃金年代，韓國、日本、台灣、整個東南亞，甚至乎歐美，都想買香港的電影，但現在已經沒有這些市場，因為每一個地區都已經發展得很成熟，不需要香港的內容，所以廣東話的題材只滿足到香港人，這個市場比起其他地區的市場很小。

拍戲與資源往往成正比，越精細的追求，越需要資源。他指，現在的劇集越來越長，40分鐘至一小時不等，如果八集，等於要拍六至八部戲，開支很大，大過拍戲很多。

「我們有些計劃，拿出去跟 Netflix 談、跟 Apple 談，我們想拍一些很本地、很香港的內容，他們一聽到香港已經卻步，他們覺得無得做。尤其現在很多平台都蝕錢，大家再看緊手頭上的錢時，就更加難做一些很香港、很本地的劇集。」

如果以《3體》為例子，對方的製作就是從第一天開始，已經是將這個中國科幻故事，變成一個全世界、全宇宙的故事，令全地球的人都會經歷的故事。「Netflix 是一個國際平台，無可厚非地，要將本來很多華人角色、中國元素，變成不同國籍、不同種族，令件事更加國際化，面向不同觀眾，在保留原著的特色同時，也要衡量怎樣變成一個更加國際的劇集。」

當再製作香港故事時，他覺得未必只有純廣東話，可能也要有很多英文，希望可以拉闊那個市場，「做到一兩個成功的劇集之後，令他們對我們的製作有信心，再爭取資源拍香港的故事，不知道會不會成功，我們都在試的階段。」他說，

現在有很多香港導演、電影公司，都很努力地做這件事，希望大家做到一個成功的劇集出來。

世界很大

自從《少年的你》入圍奧斯卡、參與《3 體》的消息曝光後，他承認得到很多外國製作的招手機會，現在也籌備年底去外國參與另一個作品。世界很大，他自言幸運，可以選擇去不同地方拍電影。這幾年，他說：「大家可能覺得，你在中國大陸拍戲，放棄了香港，其實我一直都沒有，一直都有香港的計劃，只不過還沒發生出來。」作為創作人，他始終覺得，哪裏有好的故事，就想在哪裏拍。

莎阿米

要比蠢人更大聲

逃離伊朗，流亡異地，卻走得更遠，攀上康城影后。伊朗流亡影后莎阿米，現身香港國際電影節。她接受《大城誌》專訪，指有些制度，只會假想敵人來維持權力，認為這個世界有很多蠢人，他們通常手握話語權，但「我們一定要比蠢人更大聲」。

談及香港處境，面臨去留掙扎。她低頭一想，形容問題殘酷，令她起了一身雞皮，因為她的伊朗朋友每日都討論著、面對著同一條問題，關鍵在於還能不能繼續創作、再站出來、會不會帶來改變、自己又有沒有變得抑鬱。「與其話，留下來，抑或當一個背叛者，我會說，是為了生存。」

她從沒後悔當日流亡的決定，在異地邊做保姆、邊在餐廳打工，但都沒有放棄電影夢，她希望用自身的經歷，勉勵每位移民和流亡的人不要放棄。

和伊朗電影的距離

由伊朗流亡至法國的演員莎阿米（Zar Amir），曾參演由伊朗導演執導的《聖蛛》，飾演記者追查性工作者連環命案，揭示仇視女性的社會塑造出變態殺手，前年獲封康城影后。這個舉動曾惹來伊朗文化及伊斯蘭教令部狙擊，批評極具侮辱、帶有政治動機。

這次莎阿米攜同有份參演的《伊人敢自強》和有份執導的《柔道場的風波》，現身第 48 屆香港國際電影節。前者，講述遭到家暴的伊朗女性，帶同孩子逃到澳洲，提出離婚時遇到的困難，認識新對象，也勾起抹不走的陰影。後者，則講

述政治干預體育，為避免對戰以色列選手，伊朗當局威脅運動員和教練退賽。

而上述提及的三部電影，全部都由伊朗真事改編而成。「你跟世界冠軍，就差這麼一小步。」、「傳媒、國際柔道聯盟都會站在我們一方，我們不要怕吧。」為了退賽，教練訛稱受傷引退，運動員的家人遭當局帶走，當地的賽事直播被中斷，運動員最後尋求庇護時，伊朗當局就指稱他們都是叛徒，背叛國家。

明明已經身在國際賽事場合，都要被中止作賽；明明為一個地方奮戰，卻要面臨威脅和風險。以國家之名，政治干預體育，卻遠不止是伊朗發生的事。

停止謊言　對自己忠誠

莎阿米說，《柔道場的風波》取材自伊朗運動員的真實經歷，表面看起來是一套政治電影，但其實她想帶出關於捍衞尊重和尊嚴的故事。她在戲中扮演國家隊教練，為避免接觸以色列選手，曾訛稱受傷，提早結束運動員生涯。「她原本可以成為英雄，但就因為獨裁者制度，令她浪費多年光陰。」

她提到，自從伊朗在 2020 年經歷「Woman, Life, Freedom」社會運動後，很多運動員不再說謊、不再逃避，停止盲目跟隨制度。反過來，開始尊重自己的想法，寧願離開自己的國家，都要繼續在運動場上比賽，因此後來出現來自伊朗的運動員難民。「其實阿富汗和敘利亞都有同樣問題，

有運動員因為制度的問題，而離開自己的國家，但現在一樣都可以擁有自己的隊伍，不用再受制度壓迫。」

莎阿米覺得，他們都不是「叛徒」，都是美麗而有力量的。停止謊言、對自己忠誠，都是這套電影的重要訊息。

不應盲目跟隨制度

今時今日在伊朗，國民跟以色列人接觸，會被視為刑事罪行。這次莎阿米卻跟以色列導演佳納提夫聯合執導《柔道場的風波》，正正就是希望為兩地民眾爭取和平。她記得以前上學，每天都會被要求說「Death to Israel, to US」，以色列和美國都是伊朗的「假想敵」。

但當她長大認識這個世界，接觸這兩個國家的人民，尤其是以色列的朋友，就覺得他們本是同根生，都是來自中東、喜歡同樣的食物、運動，還有很多的類似。她說，電影強調的是，一個關於和平和友誼的故事，而不是要尋找敵人、盲目跟隨制度，因為「有些制度，只會假想敵人，來維持權力」。

與創傷共存

至於另一套《伊人敢自強》就是來自導演和她母親的真實故事。莎阿米說，伊朗是一個父系社會，男女不平等，女性不易離婚，如果沒有丈夫同意，亦不可以自由出境，即使她沒有真實經歷戲中的家暴遭遇，但從昔日在伊朗的生活經驗，都可以連繫到創傷。

看過幾次電影之後，她覺得：「我們永遠都不會完全克服創傷，創傷不能磨滅、不能置諸腦後，關鍵是如何跟它共存。」而她幸運的是，可以用電影作為工具，為自己尋找一個出口。

「我們要比蠢人更大聲」

　　莎阿米參與的作品，不少跟伊朗題材有關，在她心底裏，其實不想永遠停留在這個框架內，只是她覺得，自己有責任講這些故事，尤其身在伊朗的人無法發聲。「不為人知的故事、不能言喻的聲音，都需要他們將議題帶到鎂光燈下。」她覺得一套作品要有意義，不是單純地娛樂觀眾，應該要觸動到一些人一些地方。

　　「我認識一些人會說，我只不過是一名導演、一名藝人，不是說政治的。但對我來說，這都不是政治不政治的問題，而是關於一個人、屬於我們的事、這片土地、所有公民的事，我們都能一起改變。」

　　「這個世界很大，有很多聲音，還有很多蠢人，但他們通常手握話語權。我不是一個優秀的演說家，但我會嘗試坐下來受訪，表達對事物的不同看法，因為我們一定要比蠢人更大聲。」

　　她反問道：「為何我們要賦權給政治家，而不是我和你，互相影響、互相啟發？」她當然明白，如果相信一部電影就足以改變世界，那是滑稽的，但如果有兩三個觀眾受觸動，改

變了自身想法，她覺得已經很滿足。「電影和運動一樣，都有廣大受眾，遍及全世界，會帶來改變和影響的。」

致異鄉人　不要放棄

訪問最後，談到香港近年轉變，新法例的頒布，社會出現移民潮，民眾去留抉擇，甚囂塵上。以她自身的經歷，如果政權越趨專制，應該留守，還是離開？她聽到問題後，低頭一想，說這條問題相當殘酷，起了一身雞皮，因為她所有的伊朗朋友，每日都討論著、面對著同一條問題。

她覺得關鍵在於，還能不能繼續創作、能不能再站出來、會不會帶來改變、自己有沒有變得抑鬱；離開的話，又是不是可以改變現況？

即使她選擇離開，但沒有中斷和伊朗的連繫，就算匿名都會嘗試跟不同人，將外來的一切，帶給伊朗的民眾。無論去或留，大家都是幫助彼此邁步向前。「與其話，留下來，抑或當一個背叛者，我會說，是為了生存。」

她從沒後悔當日流亡的決定，即使面臨審判、覺得沒有將來、沒有工作、餘生或要在獄中渡過時，她覺得都要保持自我。她逃離伊朗後，做過保姆，也試過在黎巴嫩餐廳打工，但都沒有放棄她的電影夢。她見到有些同伴，逃離伊朗後心灰意冷，不再工作、不想學新的語言，不想再看看這個世界，她最想跟每位移民和流亡的人說，不要放棄。

浮塵細語・仍在努力的人

你有得揀　我都有得揀

「她的內心就像 Hello Kitty。」同鄉這樣形容她。

一臉寸嘴、啜核道出外傭心聲「工人都係人，唔係機械人」的 Contrinx，一片成名。她來自印尼，18 歲離開家鄉，先在新加坡工作五年，回鄉結婚後，23 歲來港工作，一做就做了十六年。由於長年留港，她沒有誕下子女，後來也跟丈夫分開。對她來說，香港不單止是賺錢和學習的地方，更是另一頭家。「你可能唔當我係家人，覺得我無價值啦，但我當你哋係家人，咁好多嘢都無所謂，可以開心咁去做。」

初來甫到　看亞洲電視學廣東話

昔日「東方荷里活」的輝煌，令她從小看到香港的電影，看過成龍做戲，對香港有一份嚮往。來到香港先發現，這裏跟中國大陸不同，要講廣東話。她就像上一輩的香港人，跟著僱主家中的公公一起看亞洲電視，邊聽邊學，跟著讀出劇集的對白和字幕，不明白就問公公，短短一個月已經能夠開口講廣東話。其實 Contrinx 的語言天分很高，除了家鄉的印尼話和英文，潮州話、普通話、福建話、馬來西亞話，都能一一說得上嘴。

來港之前，新加坡前僱主曾告誡她，不少香港廣東人較為自視過高，說白一點就是「狗眼看人低」，他日遇到時不要太驚訝。這令她留下心理準備，說服自己這個文化差異，但她覺得自己想得通，不代表每一位工人姐姐都有相同想法，外出打工很多時「不能只想著好的一面，也要預備不好的時候，如果遇上好僱主是幸運，遇上不太好的也要接受」。

「無人說服你，就只有你說服自己」

初來甫到時，她曾在一戶打工，睡在書房，要照顧嬰兒。當時戶主對她很陌生，不敢給她家中的鑰匙，外出飲茶時又會鎖起房門。她說，沒有鑰匙沒有所謂，但這樣卻令她無法工作，後來她主動向戶主表示：「如果你請我不夠信心，我如何跟你做事？」戶主及後聽取她的意見。Contrinx 坦言，其實戶主也是第一次請工人，夫婦二人以前未有誕下嬰兒，從未試過跟陌生人同住，都會覺得不習慣，彼此也是慢慢吸收、慢慢習慣。她覺得大家要明白「老闆不一定啱，亦唔係工人一定啱」，最緊要是 be open-minded，開放思維令到工作環境更好。

她又試過在天水圍為另一個家庭打工，無房間、有鏡頭，但她都樂意接受，因為「僱主真的給我空間，我可以打電話給家人，幾時都可以，幾時接電話都得，無話過我玩電話，最緊要你自動自覺做事，完成工作咩都可以做。」不過，有些工人卻會抗拒鏡頭，她就說：「要看你如何說服自己，將處境由負面轉化到正面，如果你做不到，你自己會過得很辛苦，工作已經很辛苦，為何還要令到自己很辛苦，無人說服你，就只有你說服自己。」

還有，她也是一位很直率的人，「每次見工時我都會告訴僱主，如果你不滿意，可不可以即時告訴我，你教我如何做好。我工作，你給我錢是正確的，只不過我不一定做到你的要求。如果你沒有告訴我，我沒有學到，我不一定做到你的要求。」

「I am easy going, adaptive, positive.」因為這些特質，令她來港十六年，到頭來卻沒有遇到當初僱主告誡她很 shocked 的情況。也許日子艱難時，就要學會說服自己。

「工人都係人，唔係機械人」

2022 年 2 月起，她開始拍片講述在港外傭工作時遇到的情況和心聲，很多感受都是源於第四波和第五波疫情時，一眾工人姐姐的經歷。她說，Covid-19 疫情來襲這兩年，大家的生活模式都有轉變，由以前很繁忙，到現在很多事情都不得不放慢腳步。不少僱主 WFH 留家工作，小朋友也改在家中上網課，工人姐姐卻變得「雙倍工作」。因為花多了時間看顧小朋友，變相做不了或要延遲做其他家務。

疫下大家的情緒也不穩定，有時工人姐姐都會生氣，收拾完轉過頭又亂成一團，老闆可能會覺得工人辦事不力，但根本不是工人沒做事，也不是不想做，而是生活的時間不同了，「可能僱主忘記了這個時候無得快，對工人的工作量和要求肯定要降低啦。」

她又說，疫下不少聚會改到家中進行，工人姐姐的工作量變相也有增加，所以先有「工人都係人，唔係機械人」的說法。還有些外傭在檢測呈陽性後，僱主的態度大逆轉，好像埋怨她們帶病毒回來，但她認為根本無人想，就算打齊三針疫苗也不代表不會感染，「如果我們感染，就是要去面對。」

「你都有得揀，我都有得揀」

「工人都是人，有感覺、有開心、不開心，有時都會哭，不要當她們是透明、機械人、娃娃，她們都有溫度，只是不懂表達，說又被人罵，不說又自己不開心。」這些想法和心聲，她一直都有拍片解說，但沒有引起迴響。

直至 3 月一個晚上，她想出一條橋，「我記得多數香港人看錢很重，我就說：『點啊，你現在請到工人咩？你試吓吖？』我這樣說，不是說有錢最了不起，現在不是你請不起工人，而是外傭根本無法入境。」

她說，如果要在香港請工人，目前就只能在本地選擇，多數由僱主重新再請以前起用過的工人，又或由工人揀僱主，「我們做打工仔，起碼都找個好少少的僱主、好少少的人工，都很平常，你都有得揀，我都有得揀，如果那位工人姐姐有價值，為何不揀個好的？」

就是這段片令她爆紅，成為傳媒的訪問對象，甚至香港愛滋病基金會也找她來宣傳定期檢測愛滋病。訪問那天，記者問她爆紅之後有沒有壓力？她說有少少，但覺得 it's the time，是時候去為外傭發聲。

她覺得在外傭問題上，以往很多時只著重要求工人姐姐調節自己的心態和想法，但其實很多問題也要向僱主解釋。她認為工人要學會表達，甚至適時制止，四部曲就是：觀察、保持冷靜、企硬、最後採取行動。她說，過去十年外傭團體一直強調工人不是奴隸，或者今日還要強調「we are human too」，因為在疫下更能體現這個價值。

「這只是剛剛開始。」她說。

下禾崋有個女村長

黃菀參當選沙田下禾輋村居民代表，打開瀏覽器，找到她的資料不多，最多就是——前村長黃裕財的女兒、社民連黃浩銘的妹妹。黃母篤信風水，指女兒五行欠金，請來師傅擇個好名，但黃菀本是一種植物，參的讀音也令人聯想人蔘，女兒倒是覺得自己跟大自然有關。事實上，她熱愛環保，讀環境出身，也擺過街站回收廢物，更能輕易唸出村內一個個植物品種。

她還有一副響亮的嗓子，會唱「子喉」，即粵曲中扮演花旦的女聲，曾在不同舞台演出。黃父去年突然離世後，她臨危受命，今年再多一個身分，當選下禾輋村居民代表，也是二十年前引入居民代表後，該村首位女村長。以 27 歲之齡，照顧一條逾二百年歷史的老村落。曾有街坊因為她的年齡和性別，提出顧慮，但她希望對方給予年輕人機會，放長雙眼看看，做得不好時，多提點一句。她形容：「就好似是一個時勢去推進，令我成長的一個過程。」

大家為我開心

從小到大，黃菀參都在下禾輋村成長，中學就在天橋對面的培英，十多分鐘路程。兒時一家人會在城門河散步，她也常常在百步梯旁邊的圖書館溫書。她升上香港教育大學，也是鄰近的一區，就讀可持續發展教育，目前正攻讀科學與環境學系哲學博士。總的來說，她的成長離不開沙田一帶。

2023 年初，她當選村代表的消息公布後，有中學老師馬上傳來訊息恭喜她，她的中學同學也紛紛在社交媒體分享

報道，包括一些已經很少聯絡的同學，「大家都因為我當選而好開心，不知道算不算是一個驕傲，但大家都替我開心，那份感覺很窩心。」

一種陪伴

她形容自己喜歡幫人，是一個很 kai 帶點傻氣的人。她參加過很多活動，小學開始已經學粵曲，中學會跟校外人去行山，大學又會在沙田街市外擺街站鼓勵回收。認識她的人，無人不會被她的環保意識所感染。外出食飯，她餐後會用餐紙摺起拿回家回收，和朋友行山也會一邊行一邊執垃圾。

她不時會在一個專為失明人士而設的體育會，跟視障朋友一起做體能訓練，也從活動中認識視障朋友 Jason，往後更會相約一起跑步。Jason 笑言，阿參做義工很有愛心，阿參聽後哈哈大笑。另一位跑友 Roger 在行山活動認識阿參，指對方會回收大家的垃圾，又會煮食給大家，為人有耐性，也「服務周到」，阿參聽後又點點頭。

他們不是一班酒肉朋友，對於很多事情仍然有理想、有想法、有自己堅持的一套。在社會氣氛低迷時，他們相約吃飯，還會一人分享一件快樂的事情，希望藉此鼓勵彼此。Roger 是一位配速員，就像陪跑員似的，會用相應的速度陪對方完成跑步的路程。那餐飯局上，他分享了這個故事：

有次清晨舉行的跑步活動，他為一位二十餘歲年輕人擔當配速員，對方夜跑多，但晨跑跟夜跑不一樣，日光、溫度、

濕度、體感都會很不同。年輕人跑到一半時，感到輕微中暑，很熱很辛苦，但對方最後都堅持跑到終點。

事後，年輕人向 Roger 致謝：「多謝有個人去陪我，因為如果不是有配速員，我根本不會打算完成這件事。」Roger 覺得很深刻，好似做了一件很有意義的事情，當對方覺得艱辛時，他陪對方完成了這段路。

聽到這個故事，阿參很有感覺：「我好鍾意大家一齊去傾每一件事，我覺得透過聆聽每個人的經歷，看到每個人如何反省自己。聽到年輕人跟他講多謝的時候，我覺得這種感覺和氛圍，是當下這個社會需要的。」

友人之憂

對於阿參參選村長，Roger 形容「非常驚喜」。他認為可能因為科技進步和普及教育，近年不少年輕人很早熟，甚至在不同社會事務中擔當崗位。阿參還未讀完書，就當上村長，好似跳過若干年的人生歷程。他覺得，村長的工作不似其他職業，不是玩樂，而是要照顧村民，無論是責任還是對比將來的正職，都需要付出更多的精神或心力。

跟打工仔一樣，投身社會、踏足職場，要學習面對上司、面對同事，甚至有可能要面對人事問題。他也會擔心：「如果是村長，會不會為村民申訴時，也會遇到行政上或者政治上的問題呢？當她執行上遇到困難，會不會有人在當中輔助她呢？」

就像配速員的故事，Roger 陪年輕人，阿參陪 Jason，Jason 也陪著阿參，大家伴隨著彼此，走過 400 米的跑道。但散落在社區之中，又有沒有這些配速員，願意同行？

成長的一課

今年農曆新年，有慈善團體向下禾輋村派發福袋，阿參幫忙聯絡村民，乃是她當選後第一次接觸近半百名村民的活動。集合時間將至，村民開始排隊等候，但阿參和大會還在尋找物資。米還在山坡上，紹菜在山下天橋對面，口罩、餅乾還在紙箱當中，牢牢包裹著，未有分拆出來。一人之力，如何處理上述一個又一個的問題？

有義工幫忙將物資分拆，包裝入福袋，阿參跟村民點名，又向村民解釋。遲了派發，她擔心有街坊久等，她問街坊：「有沒有人不要米、不要麵，想先領取其他物資離開？」遇上新正頭，有老街坊聽到「無米、無米」，又會覺得意頭不好。

後來，她和義工巡村，上門派發福袋，眾人拿著沉甸甸的三袋四袋，在村中上上落落。阿參不怕苦，但身後一班義工跟著她奔走卻感到吃力，對於如何分發福袋，出現不同意見。有義工建議先派給山下村民，減輕大家負擔先再上山，也有人在山下派完物資後離場。

明明負責聯絡，派物資亦是樂事一宗，但出現變數時，直接面對群眾的，都是自己，乃是她初嚐「做區」的滋味。不過，也有村民表示：「第一次就是手騰腳震，慢慢來，不要緊

張,不用怕。」亦有村民陪伴著她,登上山腰最後一段路,分發剩餘的物資。

她坦言有點累、有點挑戰,「很多未知之數、突如其來的事,我如何應對?我真的要去學習,萬一將來有火災、風災、停電等不幸事情發生時,我應如何平復自己的心情去處理?我覺得需要學習、需要時間磨練,也要有耐性聽取大家不同意見。」當選後,她覺得最不習慣是如何待人處事,未懂得太多人情世故,還望街坊朋友多多包涵。

參選的意義

不似得立法會議員月薪 101,000 元,區議員月薪 35,880 元,村代表每季只有 2,680 元酬金,變相每月只得 893 元,沒有豐厚的「政治紅利」。

她參選的最大原因,可能就只有一個,父親去年的離世:「我覺得好似是一個時勢去推進,令我成長的一個過程,因為我完全沒想過,爸爸就這樣離開人世,但我又覺得大家都很想有一個有心人,而我自己覺得我是有心去做。我覺得有什麼我可以做到的就盡做,而參選村長是一個契機讓我去貢獻這個環境。」

曾有街坊因為她的年齡和性別,提出顧慮,但她希望對方給予年輕人機會,放長雙眼看看,做得不好時,多提點一句。「最重要就是做好自己本分,聆聽不同人的意見,因為有很多事可以讓我學習得到,不要關上大閘。」

下禾輋村的範圍

　　下禾輋村位處山坡，涉及的範圍就像一個直立的三角形。山腳道路平坦，聚到最多人，但沿路而上，可能有人會留在原地，有人會中途離場，拾級同行的人，未必很多。派福袋如是，推動社會改變也如是。但正正這個三角形，也像一個「人」字，往往需要合眾人之力，才能守著一條村、一個地方的美好，甚至一些值得珍視的事與物，而非單單靠一人之力。

自求多福的哲學

早兩個月，上環見山書店結業，著名形象指導劉天蘭到場送別。當時她受訪說，見山的消失，是對城市一種破壞，因為見山的個性，正是這座城市一部分的性格，點點的人事物消逝，也讓香港失去個性。

　　兩個月後，她走上講台，談文化保育。她說，收到國際演藝家評論協會（香港分會）的電話，問她可不可以分享籌備電影美術及服裝造型展覽的故事，她馬上答：「可以。」因為她覺得：「每一個愛錫香港文化、各方面的傳承，個個都有份，唔得唔講，靜是沒有用的。」

　　「我不是專家，但我很在意、很肉緊。」

　　她由去年策展的「無中生有」電影美術及服裝造型展談起，四個月的展期，籌備了接近四年，訪問了六十位電影幕後人員，包括美術指導、服裝指導、髮型師、化妝師、道具等，寫下的口述歷史文字紀錄，足足有近八十八萬字。她跟香港電影美術學會的成員，主力四個人就像「癲婆」、「癲佬」般，周圍找人訪問，也搜羅昔日的道具和戲服。

　　現實發現的是，大部分電影道具、場景等，一拍完戲，就會清拆和四散。早一日拆場景，就可省卻多一日成本，電影公司要止蝕；至於存放服裝和道具等，也講求資源和場地，而大部分做法都是沒有空間、沒有系統。

　　她想找回《十二金鴨》的假胸、假人皮，結果電影公司找到一個箱，但保存得不好，又會出現膠疊膠、堆成一團的情況。難得找到張曼玉在《阮玲玉》穿過的旗袍，但服裝指導朴若木當時身在上海，結果要足足等十一個月，等他由上海

帶「阮玲玉」回來香港。展覽完結後，又再找人親手將「阮玲玉」送回北京，交回朴若木手中。

政府館藏僅佔 6%

她說，儘量不想復刻，希望能夠展出真品，但部分情況也要仿製呈現出來。看看數字的話，整個展覽中，私人收藏佔 37%、電影公司收藏佔 45%、政府的館藏就只有 6%；至於為展覽而製作的展品和視聽物料，則分別佔 7% 和 5%。觀眾告訴她，希望這個展覽可以列作「常設」，她當然也希望，但就暫時未見到。

電影《九龍城寨之圍城》引來熱議，有人建議搭建電影場景，重現城寨風貌，然而原址也好，電影場景也好，已經被拆走。劉天蘭提出，會不會將來可以有一個集中的倉庫，讓業界拍完戲後，放置有關物資，大家亦可互相租借，「如何運用可以再設計，但最重要是保留，不保留就沒有了，之後無得發揮，要留的話，放在哪裏？」她說，這個問題值得思考，也是電影界多年來的希望，已經舉了手很長時間，但一直得不到回應。

你覺得重要　就會放時間

劉天蘭是一個幽默的人，她說籌備展覽的過程，「沒有」太多問題，大概有九萬幾個左右；她又說，香港電影「不是」拿過很多獎，由五十年代至今，大概在國際上拿下一百六十多個獎項。中央圖書館前總館長鄭學仁曾說，歐美的音樂圖

書館，要求管理員必須具備兩個碩士學位，一個跟音樂專業有關、另一個就要有圖書館學背景，希望香港加強人才培訓、重視資歷架構，劉天蘭就回應說，自己已經沒有時間讀了，令眾人發笑。

她笑言，博士談及的保育門檻很高，但各人仍有各人小世界，有自己的事物可以留低，多有多做，小有小做。她在家中年紀最小，但卻是家中的「圖書館管理員」，很多家中的相、有紀念價值的事物，總在她手中。「如果你覺得重要，你就會放時間下去。」

她覺得，在困難之中，一己之力做到幾多就幾多，「自己嘅力量做到乜就係乜，要做㗎。」

正如講座開始前，她看見主持蘇玉華的白色外套，因坐下而稍稍皺起，她的形象觸覺一閃，上前把對方的外套放好，就是這樣微小的力量，「做到乜，就係乜」。

撐港隊的一人吶喊

港隊在印度出戰2022年亞洲盃外圍賽,連續兩場報捷,在異地的國土,卻看見一個香港人身影,隻身為港隊打氣。他接受《大城誌》訪問,坦言:「我喺球場嗌完之後,其實我都唔肯定踢緊波嘅球員聽唔聽到,但我都要嗌,使命感又好,點都要有人做呢樣嘢。」

　　他由十多年前開始支持香港足球,從無放棄過這個地方和這裏的人,因為「我不是勝利球迷,真正認識足球的人,無論贏波或輸波,都會撐到底」。

疫情以來首出國

　　29歲的Jason從事IT,也是專頁「數字球」的版主,閒談足球消息。一個人走到印度加爾各答,為的是支持香港足球隊。原本有朋友打算同行,但因為隔離政策、簽證問題等種種原因,未能成行,知而行,撐港隊,得他一個實行到。

　　「之前亞冠盃,我好後悔無喺現場睇傑志出線。」球迷的失落感,旁人未必理解得到。當港府放寬返港隔離要求,由十四日縮減至七日時,他不再猶豫,馬上請假,買機票飛往印度。從未去過印度,對當地不感興趣,也擔心衞生問題,唯一支撐他隻身冒險的,就真的只有港隊。這也是他在疫情爆發兩年多以來,第一次出國、第一次在現場睇波。

　　港隊先後以2:1及3:0贏阿富汗及柬埔寨,但他說並非預期之內,起初還以為會打和,因為對手的實力相近,覺得有得打,但變數大,因此更加想去支持。尤其是,他覺得今次港隊面對的情況惡劣,先後有兩名球員和三名職員確診

新冠，也擔心球員能否適應印度的環境，會否水土不服、發燒、肌肉痛等情況。他記得香港對阿富汗那場，當日的天氣很翳焗，他在看台上打氣，單是企起身嗌，就已經整個人濕透。當地天熱炎熱，潮濕又翳焗，對發揮表現也有影響。

入住港隊酒店　大堂等球員出發打氣

他跟港隊入住同一間酒店，這幾日出出入入也會見到球員和教練。每次港隊出賽之前，他更會走到酒店大堂，等球員出發為他們打氣。球員看見他，也顯得錯愕嚇一跳。非主場之利下，球場上不多香港人的臉孔、沒有一片旗幟和那專屬的聲音，他身處那區也只得他一個香港人。就像一個「癡漢」般，去支持屬於自己的香港隊。

一個人的吶喊，會不會感覺到孤獨？他說有少少，自己是一個內向的人。例如香港對阿富汗那場，當球證指香港球員犯規時，他會大嗌：「It's not a foul!」身後的阿富汗球迷會有微言，面露少許不屑。就是這些時候，要一個人去面對，但他說沒有問題，球場上就是各為其主。

無論贏或輸都撐到底

為何要支持香港足球隊？他說：「很多人都是為了追夢，有夢想的人才會選擇這條路，尤其這條路在香港比較艱難，球員已經有夢想，球迷只是入場支持……我喺球場嗌完之後，其實我都唔肯定踢緊波嘅球員聽唔聽到，可能只有後備席聽到，踢緊波嘅聽唔到，但我都要嗌，使命感又好，點都要有人做呢樣嘢。」

2009 年港隊東亞運首度奪冠，他由那時開始認識香港足球，支持香港隊。十多年間，從無放棄過香港隊、這個地方和這裏的人，因為「我不是勝利球迷，真正認識足球的人，無論贏波或輸波，都會撐到底」。

　　一個人走到印度，無人嗌，他要嗌；無人聽到，他都要嗌。可能有人會覺得他很傻，但香港這塊地方，很多人也像他一樣很傻，選擇撐香港，撐到底。

離散的人・送上無限祝福

再難關口　已經走過

「我們會做到的!」這是李銘業媽媽離港前,一直在機場唸唸有詞的話。李銘業曾中風,左邊身體受影響,不良於行,坐十多小時的飛機,身體會麻痺,但航空公司未有預留輪椅,急忙地聯絡轉機站;一家三口的行李超重,他們要重新收拾、東拼西湊,省卻隨身物,再闖關上機。就這樣,在香港的最後時刻,急急趕趕拜別親友,奔向未明的將來。

　　李銘業是香港殘奧乒乓球代表隊成員,兒時暈倒,經歷三次開腦手術,足足昏迷十九日,最後重新站起來,以香港運動員的身分,踏上國際舞台。他的故事曾出現鎂光燈下,用來訴說香港奮發圖強、堅毅不屈的精神。不過,這幾年的香港,幕幕警民衝突到公民社會崩塌,變得面目全非,他們一家 2022 年 10 月移民離港。昔日的香港代表,今天只盼加入英國代表隊。

　　港府 2022 年授勳及嘉許 889 人,頒授典禮由 7 月延至 11 月舉行,百多人未能出席典禮,其中一個是李銘業。即使執拾行李最後,剩下一套西裝掛在家中,但都等不及了。這幾年,不少香港人因為移民等種種原因,很多事情都變得有限期。

　　他們一家的故事,要由李銘業 15 歲說起。

　　2005 年 4 月 22 日,仍讀中學的李銘業在學校打籃球後不適暈倒,父母接過學校來電,起初還以為兒子中暑,不以為然,但趕到醫院後,醫護人員卻表示情況相當嚴重,會有生命危險,甚至說已盡力搶救。「那刻,我咁大個人未試過在急症室門口嚎哭。」李父憶起。

經磁力共振後，醫生發現李銘業腦內有一個畸形血管爆裂，不斷出血，要開腦清除瘀血。手術後，李出現腦腫脹，要再次開腦，取出頭骨，釋出空間。期間，他一身插滿喉管、發高燒，也染上肺炎和金黃葡萄球菌。他一退燒，就要再進行第三次手術，切除畸形血管和放回頭骨。

這一次手術，醫生預計大約四小時，但一做就做了八小時。父母在手術室門外等了又等，不敢談天、不敢說話、不敢把最壞的情況說出口。因為醫生說過，病人手術途中可能會出血，一旦失血過多，便有生命危險。「醫生遲遲未出來，我哋好驚。」那八小時，漫長又煎熬，但他們仍然堅持，兒子未離開。

結果，手術很成功。

但醒來之後，才是考驗的開始。一個血氣方剛的年輕人，躺在床上，動彈不得，不能說話、不能進食，終日以淚洗面。「為何要救回自己？」再難聽的說話也說過。由學行、學企、坐輪椅、用腳托，一星期聞高壓氧氣三次，又嘗試針灸，基本上什麼方法都試過。三次手術費、漫長復康路，換來的卻是保險不賠，一度鬧上新聞，父母要向銀行借錢。

當時教過銘業打乒乓球的內地教練，得知情況後，聲稱內地有朋友可醫治銘業。他們一家三口於是北上求醫，教練先叫來一頓美食，還有「水甲由」等野味，再帶他們看醫生，但後來得知他們沒有保險承包，頓時變臉。教練在黑漆漆下停車，把他們放在番禺一個屋苑前，隨即開車離去。兩公婆人生路不熟，用自己的腳托著兒子的腳，摸黑一步一步走，走過最難行的路。那時候，見盡人情冷暖。

媽媽的神奇小子

外間是涼薄的，但他們這家人的內心，卻是堅實且溫暖的。

鉻業小時候，母親每逢假日就會帶兒子到樓下公園，跟其他小朋友在石檯上打乒乓球。但鉻業不懂得打，開球也開不了，其他小朋友不想跟他玩。那時，她就買薯片、汽水籠絡其他小朋友吃，告訴他們：「你哋細個都會唔識玩，都要人哋教啦！」一邊利誘、一邊出盡口術，哄著他們跟自己的兒子玩。這，卻成就了香港乒乓球運動員的童年。

出事之後，父親要繼續工作養家，母親全力照顧兒子，每日伴著兒子做物理治療。在醫院，她會瞞著醫生和護士，偷偷教兒子扶欄杆行路；回家渡假，她就會帶鉻業到體育館的乒乓球檯前面，鼓勵兒子站起來，有時甚至會推開輪椅，逼兒子堅持和忍耐，由五分鐘、十分鐘，站著站著，最後站到一小時。母親對兒子是有期望的，醫生說過，鉻業往後不能再走路，但這對母子卻一步一步打破宿命。

母親「硬心腸」追求兒子進步，但兒子也不留手要求母親振作，他們倆是彼此的支柱。

李母憶述，她父親在 2014 年離世，加上當時鉻業和藝人張家輝拍片，談起昔日的經歷，觸發她嚴重抑鬱症。「那段時間，我說不出話、看不見東西，只會不停哭，躺在床上睡。」

丈夫要上班，剩下銘業反過來照顧母親。「無論我怎樣也好，我縮在一角，他也要拉我下床。我在梳化睡了下來，他也拉我起來，推我入廚房吃東西。」兒子當時還說過一句：「我都能夠企得番起身，點解你唔可以？」

　　「那刻叮一聲，我告訴自己，為何你還要這樣？你的兒子呢個時候很需要你，為何你還要去逃避？我告訴自己，不能了，我要醒了，不可再這樣。我就逼自己起床，就算我有多不情願，我都要起身，食點餅乾和咖啡。」這番話，令母親動容，戰勝抑鬱。

　　直至，2019 年。

如果是我的兒子？

　　「那時候，我晚晚看新聞，看到電視關台，看到警民衝突，我的心很痛，晚晚失眠，看新聞看到哭。我都有兒子，如果當時新聞上是我的兒子被打，我會點？」李母不禁敲問起來。她有感抑鬱的先兆，再次吃藥起來。

　　談起移民的想法，兩夫婦不約而同說，由 2019 年反修例運動開始，看見香港變成這樣，覺得很心痛。「我們都會諗，點解香港咁好的環境下，突然間越變越差，已經不是我們心目中的香港，不是以前屬於我們的香港，而是另一個香港。」

　　「日日看新聞都會很不開心，好影響個人情緒，如此下去會抑鬱。」有一晚，他們臨睡前，就問問對方，決定了嗎？

最終決定不再猶豫，移民離開香港，走出去看看這個世界。「好不好也要接受，一家人去面對。」

多得香港年輕人

他們不算富有，住公屋，最初想去台灣，但問過經紀，夾夾埋埋都要差不多港幣 160 萬，不夠錢，只好一直拖。後來英國推出 BNO「5+1」簽證計劃，門檻低，基本上有 BNO 就可以，他們改為移民英國。到頭來，其實要多得香港的年輕人。

李父心水清，他做倉務一個人養起頭家，一份工作做近三十年。人到中年，先來辭職，很多朋友笑他傻，但他覺得每個人的經歷不同，唯有勇往直前。「在這個情況下離開，你問願意還是不願意？我覺得不願意的比例大過願意，但都要行這一步，為的是家人的將來。」

妻子沒有丈夫的冷靜，談起內心的情感、對香港的牽絆，總是忍不住淚水。「移民不是簡單的事，你要放棄很多事情、親人，當然會有掙扎。有時都會不想去面對這個問題，我們不是有錢的人，都會怕去到第二個地方不知所措。」

「呢個是我們長大的地方，我們很愛佢。唔知點解搞成咁？有時都會不明白，點解揀了移民這條路。」不過，行到這一步，已無退路。早年的公屋可以購買，他們在幾乎無還價下賣樓，再補回地價，一家三口帶著不多的錢重新出發。

人在外地　都能打出成績

李銘業今年 32 歲，由 2009 年開始成為香港乒乓球代表隊，去年在中國第十一屆殘運會，勇奪雙打金牌、團體銅牌；前年在波蘭乒乓球公開賽奪得單打銅牌；大型賽事累計至今，贏得近三十面個人及團體獎牌。2022 年 7 月，他獲頒行政長官社區服務獎狀，表揚在國際乒乓球比賽表現出色。

他坦言，其實無想過自己會移民，在香港土生土長，不認為自己會離開出生屬土。經父母的解釋，逐漸明白離開的決定，還笑著說：「反正一家人都未去過歐洲！」母親希望兒子知道，即使離開香港，仍然是一個有用的人，可在英國繼續打乒乓球，「香港人在外地都能打出一個好成績，就算日後代表英國、怎樣也好，也可告訴自己，我們是香港人。」

銘業父母是小學同班同學，初出茅廬踏入社會時再次遇上，繼而拍拖、結婚，當時很多人都意想不到，以為他們玩、不是真感情，豈料一起走過最難行的路，如今一同面對人生的改變。

「做了幾十年人，我暫時看不見香港的將來，既然看不見，倒不如試試出面新的世界、新的天地。我覺得我們一家人團結，怎樣都會生活到，始終我們的經歷不同普通人，其他人未必理解。當我們有決心時，就像當初兒子未醒，都會用期望和勇氣去面對。」

他們現時在英國租屋住，未落實長遠落腳地，英國教練也未確認銘業入選當地代表隊。但這三口子覺得：「幾難的難關我們都過到，這關我們都一定過到，只要齊心就可以。」

這個翠兒和米奇公仔，一直伴著鉻業成長，如今一同在英國生活。

只要活著　我跟著你走

演出前兩星期，龐智筠在家中翻開舊物，把捨棄的物品放進黑色膠袋內。1997年，她在香港演藝學院畢業，隨即加入城市當代舞蹈團，目前是駐團藝術家，一晃眼二十六載。「在一個團做足二十六年，你想想是一個怎樣的人？我會形容是安分守己、循序漸進、穩穩陣陣的人。」

　　這幾年，疫情偷去很多人的時光，香港的疫苗政策佈下天羅地網，必須接種疫苗方能進入所有表演場所。「我突然間覺得我無得揀，點解我會無得揀？很難受……那些決定，放入我身體內，點解我無得揀？」她說著說著，淚水湧上眼眶，始終不能接受，無法為自己的身體作主。

　　一直拖一直拖，直至豁免疫苗的期限屆滿前，她細細聲告訴丈夫：「我明天去打針。」丈夫卻告訴她：「你不用打，我養你。」丈夫說過想在另一個地方生活，問另一半願不願意同行，她答可以。「兩公婆不就是這個意思嗎？」經歷疫情，面對恐慌、面對生死，她覺得「只要活著，我們在一起就可以；只要在一起，我跟著你就可以了」。

　　如此「安分守己」的人，在時代更迭的香港下，動搖著從未想過的一步。她編舞的作品《迴影》就像回眸著不同年代的自己，與新舊交替的過程，成為她在這座城市的告別作。花樣年華追逐夢想，為這城光影伴舞二十六載，這個夏天過後，她便會和丈夫移民台灣。

新舊蛻變

　　「這是我第一份工作，也是我這輩子暫時打過的工。」

龐智筠在 1997 年香港演藝學院現代舞系畢業，同年加入城市當代舞蹈團，舞室由黃大仙搬到大埔的歲月，她都經歷過。今天，排舞室內，年輕舞者居多，昔日一起讀書、出道、追夢的玩伴，就只剩下一位，這次她要走了：「我諗對方會很捨不得我。」

　　以前學跳舞、做演員的年代，她說：「有啲思維，覺得要跟，要浸淫五六年，才有機會獨舞，我認為是必須經過的階段。但現在的社會不一定，只要你有能力、你有條件，你都可以做得好出色。」事實上，她認為香港年輕一代的舞者，比起二十年前自己那一代，整體的技巧和實力都有所提升，更不諱言有些年輕舞者的動作，自己也未必做得到。

　　但很多人以為，舞者學了舞步動作，再配合音樂律動，那便成事；其實並不然，她認為演出關乎演繹，而演繹往往需要經歷和思考。編舞的工作，就要引導舞者如何演繹，就像一套電影裏的導演。

世界沒有唯一

　　她由舞者出身，近年編舞為主，也負責青年教育工作。這幾年，有些演出跟演員和歌手合作，圍讀劇本時，演員會一字一句查問原因，讓她發現舞者和演員，在準備一個演出的思維大有不同。這些經歷開啟了她以往牢不可破的思考模式，對創作、對事物的看法，從此變得不一樣。

　　「可以在一個團做足二十六年，你想想是一個怎樣的人？我會形容是安分守己、循序漸進、穩穩陣陣的人。我的創

作，某程度上思考模式是相似的。以前你會覺得由這裏行出來就會順，而家會問點解要你從這裏行出來。所以我現在很少說一定要咁做。世界沒有唯一，我現在知道了。」

她說，現在排舞：「我不會說『我認為』、『你要咁做』，因為你一定有你的自由去選擇，我說的不是唯一、不是王道。你必須思考我說的，合不合情、合不合理。如果你不認同，我們應該要再去傾。」

就算她心裏有另一個更好的想法，也會這樣說：「可不可以試吓咁樣做，但如果你覺得不順，你再找一個方法。演員會知你想他怎做。但如果你話你要咁，說得很決斷。這種命令的關係在課室上不太好。」

她也很少會將「我以前」、「我乜乜乜」掛在口邊，就算說起從前，也只因開心有趣，自己老了、跳不動了，而不是強調時間的資歷。

洗盡鉛華，對藝術的追求，倒過來也講求對人的包容。

難得可以排舞

以前她會覺得，即使舞者用公餘時間來排舞，也只是跳舞無法成為養活他們的工作，但一跳起舞來，仍然只有專業和不專業之分，不能求其，不可視自己為兼職。「以前只想做好，現在會想多一步，課室裏的氣氛要開心，不是說要玩，而是工作要愉悅，這很重要。」

尤其是經歷這幾年疫情的洗禮，她坦言：「試過好多次，

排排吓 cut show，你真的可以上台跳一隻舞，其實由去年九月才開始穩定少少，但有演員中招，也不能上台表演。」

「以前上台表演，好似搭巴士咁輕易，不覺得很珍貴，上班而已，但原來真的可以很難。有一段時間，連課室也回不了、大廈也上不了，既然咁難得可以排練，既然有得聚在一起，為何氣氛不能愉快呢？不是我想他們開心，我都想我自己開心。」

無法為身體自主

對於疫情，她有很深感受。港府實行的疫苗政策，幾乎無孔不入涵蓋市民的日常生活，所有表演場所也必須接種疫苗方能進入，變相她不打針，就無法演出、無法排舞、無法工作。

談起當日的抉擇，她的雙眼頓時凝著淚水：「我突然間覺得我無得揀，點解我會無得揀？很難受……那些決定，放入我身體內，點解我無得揀？當然我可以辭職，但我都唔想辭。我點解要因為呢樣嘢而辭職，我覺得很奇怪，我接受不了。」

一直拖一直拖，直至 2022 年 2 月豁免疫苗的期限屆滿前，她才打了第一針。前一晚，她細細聲告訴丈夫：「我明天去打針。」丈夫問她：「你決定打？」她說：「不打就要辭職了。」丈夫告訴她：「你不用打，我養你。」片刻，她搖搖頭，其實當時心想：「你養不了我，我花費很大。」然後丈夫就說：「好吧，那你自己決定。」

「我沒有勇氣，我不打針，我沒有錢。從前我感受唔到的一切，那一刻我感受到。」二十六年來沒有想過辭職的念頭，從那時開始動搖了，她覺得差不多了，開始思考自己的可能性。

婚姻的意義

她跟丈夫在演藝學院認識，一起讀書、拍拖、結婚，走過人生高低跌宕之時。這幾年，香港社會發生的事，他們跟很多香港人一樣，無法視而不見。丈夫想在另一個地方「生活」，很想知道另一半想不想、可以不可以，她說可以。「如果你都開到口，想在另一個地方生活。那我就點頭，結婚不就是這個意思嗎？兩公婆不就是這個意思嗎？」

丈夫想過移民到西方國家，但她不喜歡那種感覺，不想退休、不想日日在家打掃、買餸、煮飯；對她來說，這不是生活。後來，丈夫再提出移民台灣，這次她覺得可以。也許經歷疫情，面對恐慌、面對生死，對她來說「只要活著，我們在一起就可以；只要在一起，我跟著你就可以了」。

二人憑著多年的舞蹈經驗，申請專業人士技術移民，現已取得台灣居留證。「雖然說，我們兩個拖著手就可以無牽無掛地出發，但我們年紀都不少，適應可能也不易。然而，我不想很有壓力，不想去到後有很多拗撬，咁又為乜？正如我排舞，必須很愉快地去做。」2023 年暑假後，她和丈夫便會離開香港。

最後舞章

離開香港前，她還有一個作品在 2023 年 5 月上演。由她編舞的作品《迴影》是她在這座城市的告別作，她說已經好幾年沒有為大團排舞，這幾年團員的流動性很大，她也因為崗位的轉變，很少跟團員相處。這次看見一班人一齊排舞，很多年輕舞者的面孔，也讓她回想起，初初入行時跟隊友每日放工都不願回家的片段，想起很多。

是次參演的舞者中，有些剛剛入團，心裏那團火很大，樣樣事物都覺得很新鮮；有些入團幾年，開始有些經驗和能力，會有自己的選擇；有些已經跳了十多年，究竟如何維持內心那團火？這些階段她都經歷過，每一個舞者就像是她不同年代的反照。今次作品就是展現整個過程，新舊世代之間的互相影響，或者是她對這座城市的祝願，用舞蹈來說聲再見。

尋覓屬土

17 歲，一個人來台灣，快將七年；由學士讀到碩士，今年 24 歲。早幾年，香港爆發反修例運動，宿舍內的香港學生攬著一齊哭，學期一結束，各自奔回香港，親身目睹這場歷史巨浪。暑假後，繼續留在香港，還是返回台灣升學，是他第一次掙扎。大學畢業後，留在台灣，還是回流香港，那又是他第二次掙扎。這些都是陳維聰，一個香港青年這幾年的經歷。

　　農曆新年，他說往年會去朋友家吃飯，飯後一同拜廟宇、行夜市、玩刮刮樂，現在出入會騎機車、會逛家樂福入貨，又會拍吓拖，似乎已經融入台灣的生活。幾次抉擇，最終選擇留在台灣發展，還渴望將來取得身分證，參與當地的選舉。一個從未在香港投票的人，比起當地人或要推遲十年才試到投票滋味的人，他追求的是，對於那塊土地的感覺，看不看到希望。

　　陳維聰，最為人熟悉，可能是一個香港學生，當選台灣的大學學生會會長。跟蔡英文一樣，都在 2020 年當選，背後牽連著香港反修例運動的洶湧民情。

　　其實早在中學，陳維聰已經參選學生會，關心社會、關心政治，因為雨傘運動後的鬱悶期，社會瀰漫低沉的政治氣氛，他在 2017 年中學畢業後，選擇離開香港，在台灣升讀中國文化大學大眾傳播系。誰想到，往後幾年，香港迎來翻天覆地的轉變。

同看直播　攬著一齊哭

　　他的大學有不少香港學生，單是他所屬一班已有好幾個。他記得，2019 年香港爆發反修例運動時，有香港同學拿著新聞說出事了，一放學他們就圍著看直播，大家都很關注發生什麼事、什麼情況，一直看一直看，連續幾個鐘看到夜晚無停過，「我們幾個在宿舍攬著一齊哭。」

　　「那時的心情很複雜、很無奈，感覺就是你想做點事，但又做不到，你看著那麼多香港人走上街頭，受到這樣的對待，大家都有一種痛苦。」其實他們這班香港學生，從沒談及自己的政治立場，但看見直播，彼此卻不期然流下眼淚，他沒想過大家對於香港，還有一份很深的感覺。

　　他說，這份情緒是突然湧現出來的，「我不知其他人怎麼看，但我為何離開香港，就是因為對當時的政治環境不樂觀，才想轉換地方。當香港出事時，突然間所有對於香港的情懷、對於香港未來的希望，都湧現了出來，當然還夾雜著自己做不到什麼、想起當下要面對那種環境的香港人等，各種各樣的情緒。」很多同學提早買好機票，待學期一結束，立刻撲回香港，置身這場歷史洪流當中，這也包括他。

兩次抉擇　留在台灣

　　暑假結束，臨開學前，他有想過，到底返回台灣，還是繼續留在香港？當時的他讀到一半，即將升上大三。由大一開

始，他已經參與學生組織，本打算大四時參選學生會會長。「既然自己有香港人的身分，有機會在台灣選學生會會長，何不利用這個機會，幫學校做一些改革之外，同時把香港人的聲音放入學校裏面，令更多台灣的朋友知道，香港正發生的事情？」結果，他成功當選，一個香港學生，領導台灣的大學學生會。

這樣的去留抉擇，在他大學畢業時又再出現。然而，當時遇上世紀疫情，以疫情之名下，香港不再有群眾集會，出入不少場所都要掃「安心出行」程式，留下數碼足印；更甚是「疫苗通行證」政策下，民眾被要求注射疫苗。政府對民眾的控制、市民和政府之間的不信任，都不是他追求的生活。再一次，在香港處境的使然下，讓他選擇留在台灣。

變成半個台灣人

輾轉七年間，他現在逢三、五上課，在台灣師範大學攻讀大眾傳播碩士，其餘時間就會在台北士林一間露營用品舖兼職工作。搬離大學宿舍後，他現在租地方住，出入會騎機車、閒時又會逛家樂福入貨，他形容自己已經是半個台灣人。

他樓下有一間很傳統、由一對夫婦打理的豆漿舖，賣自己製造的包和豆漿。因為他每日都會經過，也常常光顧，夫婦倆經常跟他聊天，關心他的近況，猶如街坊鄰里一樣。對方知道他是香港人，聽過他談及香港的經歷，即使對方從不關心香港的新聞，但聽著聽著，也會理解和同情香港的處境。

隨著運動落幕、時間過去，當地人對香港議題的關注程度減退，他覺得，這是很正常的現象；反過來看，香港人又是不是很了解太陽花運動的後續發展？那就好像台灣人看香港的反修例運動一樣。除非大家互相認識，建立一種深厚的關係，才會關心對方的處境。於是他於 2023 年創辦台港互助共融志工團，招募台港兩地人做義工，融入當地，是他想做、想提倡的事。

寧願遲十年　投下心中屬土

　　台灣大選翌日，他穿上一個政黨的棒球外套逛超市。他希望將來有機會，可以投票參與台灣的選舉。對於台灣的未來，他不是沒有想法。他認為，台灣有些家族政治已維持很長時間，純粹為保留地方勢力，而未必幫助到民眾和當地發展，如果台灣要走向國際化的話，或許需要新的力量和新的觀點帶來轉變。

　　數算起來，他來台灣之前未夠 18 歲，從未參與香港的政制選舉；即使來台將近七年，但如果要取得台灣身分證的話，就要在畢業後，居台工作滿五年，且平均月薪達基本薪金兩倍，才能申辦身分證。他原有的投票權利，比起其他人，或者足足遲了十年。

　　「為什麼一個香港人，不很在意香港的投票，反而更加渴望在台灣投票？我覺得是對於那一塊土地的認知，或者對那一塊土地的感覺是怎樣。對我來講，香港固然是一個我很

熟悉、很渴望回去的地方，也是一直陪著我成長的地方，但如果以投票來說，對我來講，已經不再重要，因為現在香港的政治環境已經偏向單一化，我對香港的政治已不再抱有任何期望。」

　　每個飄泊異地的故事，最重要都是尋覓到屬於自己的一片樂土。

誰明浪子心

書寫華人基督教史三十年，從歷史回應時局變幻；沒有站在宗教高地，反而走入民間傾聽心聲。中大文化及宗教研究系教授邢福增榮休前，最後公開講課訴說歷史浪潮中每個內心疑惑，敲問作為史學者的責任和牧者的抉擇。

　　回首半生研究，他說自己若有貢獻：「要感謝這片土地，曾經多元和自由的空間，讓我書寫。」下課前，演講廳內四百多人站立鼓掌，場面感人。

與哀哭的人同哭

　　這夜最後一課，剖白了邢福增半生的研究。多年以來，他寫下多本著作，梳理華人基督教史、宗教與政治的關係。他的研究總是回應社會洪流的變遷。四十年前，他在中大修讀歷史，再攻讀博士，曾出任崇基神學院院長。

　　回想從前，他提到自己曾獲樹仁大學新聞系取錄，當時還交了留位費，但最終揀選了歷史。他覺得歷史和新聞，對真實、對真相都有份執著。寫歷史的人，需要閱讀大量資料，當中一樣就是新聞，到頭來兩者其實都在同一戰線上：在現在記錄過去、書寫過去。

　　歷史學家柯文提出《歷史三調》，人們可以從事件、經歷、神話不同面向去看待歷史。但他強調：「我們對歷史可以有不同評價，但不可以指鹿為馬。而歷史學家的責任就是保存資料，盡力客觀地還原史實。」當他書寫歷史時，他覺得還要與哀哭的人同哭，因為他們的發聲不是抽象的聲音。

時代變了，還是他變了？

　　他在檔案館看過一份文件，披露了在文化大革命爆發前，有信徒的言行被牢牢記錄下來，用以指控「搞非法串連」。而這份報告，是由牧師撰寫的。牧師監察、記錄、報告信徒。在學術背後，他看見人性。

　　令他反覆思考的是，究竟當時的牧師在什麼情況下寫？受壓？自行？還是平庸之惡？如果他是那個牧師，易地而處被要求寫信徒的報告時，他會不會寫？他也不知道。無選擇的選擇？會有不同選擇？還是歷史的使然？

　　面對社會巨變時，他很想知道不同牧者當時的內心想什麼，所作出的決定究竟是宗教信仰，還是政治選擇？他曾踏足中國大陸探訪一些老牧者，但有些人跟史料的描述完全不一樣，他又會問，是時代變了，還是他變了？

　　他再思索：「1949 年的他，如果活在現在，會作相同的抉擇嗎？2019 年的你，如果活在過去，又有不同的看見嗎？歷史背後，是謊言還是真理？人性背後，是罪性還是良知？信仰背後，是黑暗還是光明？」

置身時空隧道

　　他形容昔日香港，曾是研究中國的「前哨」，也是很多學者的「朝聖地」。而他就在這片樂土，晃了三十年。他說：「如果我對華人基督教史有少少貢獻的話，我要感謝這片土地，曾經多元、自由的空間，讓我書寫。」

在他筆下，寫過很多面對時代抉擇、被環境迫壓、甚至失去自由的宗教人物。他覺得：「從前是書寫他們，現在卻是書寫我們，明白多了昔日他們的生活狀況，甚至覺得自己好像置身在一個時空隧道，不知身處哪個時代。」

「面對現實的拉扯和張力，今後我放下身分，哪怕榮辱得失，保持執著，維護歷史，重現過去。」是他的自我期許。

誰明浪子心

他記得文革苦難小說《苦戀》有一幕逃亡下相遇的情節，畫家逃亡時，遇到學者老頭子。大意就是，畫家問老頭：「為何走佬？為了愛情？」老頭就說：「是為了歷史，為了真實的歷史不被強姦。」

「歷史，一部真實的歷史！為了她不遭到強姦，我就落到這般田地。」老頭說，這本書可能要在幾百年後才能與世人見面，希望考古學家掘出他的骨頭時，看見他的手稿，知道原來 1976 年也能出現一個誠實的老頭子。

「你愛我們這個國家，苦苦的留戀這個國家，可是這個國家愛你嗎？」邢福增說，那正正就是歷史學者對真實歷史的「苦戀」。

課堂最後，他以歌手王傑的《誰明浪子心》留下心跡：「家與國的夢，不結束，偏偏一顆心，抗拒屈服……聽說太理想的戀愛，總不可接觸，我卻哪管千山走遍，亦要設法去捕捉。

聽說太理想的一切，都不可接觸，我再置身寂寞路途，在那裏會有幸福，幸福。」

　　唱畢，演講廳內四百多人站立鼓掌，一浪浪的掌聲，為一位學者持守的理念而致敬。這堂課，邢福增拋下了許多問題，既是講者的自我疑惑，但也敲問著置身時代洪流的每一位。

採訪手記‧大城誌點滴

偶然遇上的驚喜

有時候，香港發生很多令人痛心無力的新聞，海外港人被追捕、年輕前政黨成員被圍剿、凝聚社區僅餘力量的平台被下架，訴說著這裏仍處於狂潮中，人的信仰與希望不斷被吞噬。這類新聞得到主流和新興的獨立媒體廣泛報道，《大城誌》資源所限，並未有力及。有時我們都會想，繼續撰寫小人物的故事，還有沒有意思？能否真的回應到當下社會的民心與民情？

　　無獨有偶，一年間我們製作過兩套長達半小時的影片，兩套都是移民故事，前者涉及運動員，後者涉及舞蹈藝術，不同面向的人都想離開香港。初初認識舞者龐智筠（Noel），是因為她創作的舞蹈作品即將上演，及後得知是她移民台灣前在香港的臨別作，就這樣開始了我們的訪問和拍攝。

　　訪問時，她說話溫柔，但不說話時，樣子有時也會顯得嚴肅。交談之下，知道她在意別人對她的看法。我就帶著這少少的「擔心」刊出文字報道，須知道寫人訪不是要吹奏一個人，有時也會寫得赤裸直白。加上之後還想繼續跟拍，拍得到有幾多、有幾深入，往往很在乎拍攝者和被訪者之間的信任和感覺。

　　訪問刊登後，她說由早到晚收到很多慰問，很多朋友不知她經歷打針與否的掙扎，但這次坦蕩的分享，原來勾起了很多人的共鳴。她更笑言，兩公婆就像當了一天「紅人」，也讓她感受到和相信媒體的力量。這些反應都是第一個的「驚喜」，讓我很鼓舞。

這幾個月，他們夫妻倆在台灣覓樓，但因為他們未有在當地工作，也因為跳舞和藝術的工種，本質就不是安安穩穩，因此很難跟業主解說，業主不明白也不放心。正當躊躇要證明自己過往工作之際，Noel 打開 Google，找到這篇訪問文章，也轉載給業主。對方瞬間明白和理解，並說著「很棒」、「很棒」，也讓房子租給他們。

誰想到，就這樣的《大城誌》，就這樣的一篇小人物訪問，可以讓人成功租樓，也讓兩個來自不同地方的人互相連結起來，那是第二個「驚喜」。原來很細如微塵的平台、渺如幼沙的小人物故事，仍可帶來一些意想不到的影響和改變。

這幾年，仍有很多努力創作的人，用自己的作品，為蒼白無常的社會注上一點色彩，希望這個小小的平台，除了留下更多文字謄本外，未來也留下更多影像紀錄。

We never know

有天，看完《年少日記》，很鬱悶。

下午，便走入九龍一間小學幫忙一個活動。走入班房，很頑劣，頑劣的是情況，不是學生。班上夾雜非華語同學，他們口裏說明白，但實際任務做不到。說了一整課，我知道他們其實不明白；前方和後方分別有兩批無法專注的同學，把午膳後取得的水果發泡膠套剪碎，弄得一地都是；旁邊有對兄弟，默默地抄寫投影片有用沒用的內容。細問下，他們說根本不想參加，只是主任要他們參加；還有個皺著眉頭的學生，專注認真，但就不肯站在人前嘗試，礙於進度和其他同學，結果課堂結束，也無法讓他踏出那一步。

放學後，看見新聞，有位男生失蹤多日後，清醒被尋回，大概是連月以來，在這個蒼白的城市裏最好的消息。但打開新聞報道，第一個留言便是「正 XX 仔，累到咁多人浪費咁多人力物力去搵佢一個人，好彩無其他人因為佢嘅自私出了意外啫，真係讀死書讀壞腦嘅 XX 仔。」而這是熱門留言的第一位。那正正是《年少日記》的劇情，片中主角大概就說，有時未必是一種選擇，「我們可不可以不要那麼刻薄？」強大的人，當時不用理會這些留言，但誰這樣強大？

入行早年，做過突發組一段時間，突發組跟其他組別不同，辦公室內或會有座神枱，因為接觸的新聞往往是意外和罪案；簡單來說，就是生死和人性。有些日子，試過一日處理七宗輕生個案，這些時候，「坐堂」即留在報館協調當日外勤採訪的「大內總管」就會拜神。經驗告訴我們，失蹤時間越長，又涉及郊外環境，生存的機會往往很渺茫。世界殘酷，

但也有奇蹟，很記得，當年在八號風球下曾有愛妻急尋腦癌夫，今日便有失蹤學生個案，而兩者都能成功尋獲。

獲救的故事值得寫、值得報道、值得留下一個紀錄，不僅因為情節的獨特，而是我們看見，一份頑強的生命力，如何為社會大眾帶來一點希望，哪怕歷盡風風雨雨。新聞主角或許永遠不會知道，自己這個經歷在何時何地、如何有力地觸動到一些人、一些感到鬱悶的人。最近又有一宗，受癌魔折磨的青年，在受苦之時，仍用愛去慰藉他人。他捐出的不止於金錢，也分享自己軟弱和堅強時的故事，拚了所有。報道觸動人心，社會傳閱度高，因為社會需要力量。

十多年前，填詞人林夕獲頒香港電台「金針獎」時說過：「上星期收到一位陌生讀者的電郵，他對我說，因為聽到我寫給陳奕迅的一首歌《黑擇明》，那首歌的意思是從黑暗中我們要選擇光明。他是憑著這首歌，陪伴他渡過了抑鬱症；也因為這首歌，將他從自殺的邊緣拉回來。只要我以前所寫的任何一首歌，即使再悲傷的歌，能夠令大家認識到什麼是悲傷，然後再寫些勵志的歌，能夠在了解悲傷、發洩出來之後，懂得怎樣去為自己的心靈保溫，我覺得這才是最大最高的榮譽。」

最近訪問了《年少日記》的少年黃梓樂，借用學校場地訪問，甫見到校長，對方已經說：「今日又有一單。」寫這個訪問之前，做了一些資料搜集。開學短短不足兩個月，已有接近二十宗學童輕生或企圖輕生個案，《年少日記》的故事和心聲，或正在當下不斷發生。

梓樂在戲中過得不愉快，父母苛刻、要求高，他感受不到自己的價值。而他在現實中卻是一個樂天男生，訪問最後問他如何勉勵觀眾、戲裏戲外不開心的人。我事後回想，這條題目對於 10 歲男生來說，未免有點太難。但他希望大家，不要像戲中的自己常常哭，嘗試樂觀、嘗試找到多一點希望。或者將來，他可以拍喜劇，把歡樂和歡笑帶給觀眾。悲傷過後，仍然期盼，以笑相待的一天。

　　電影中，男主角待人很好，但就是不快樂，不要緊，「當你準備好的時候，記得回來找我。」

你被玩了

澳洲政治劇集《秘密之城》（Secret City），甫開首就出現自焚場景，一名關注西藏問題的澳洲留學生在北京自焚，繼而被中方扣押，自此成為澳洲和中國的政治籌碼。劇集以調查記者為故事主線，揭開一個個政治黑幕，最後記者因為國家安全的相關法案被捕，帶出「自由的代價是永遠保持警覺」。

　　故事有一幕，澳洲首都坎培拉機場的航空通訊系統故障，地面控制塔與飛行航班失聯，最後要借用美國海岸防衛隊的高功率特高頻無線電，挽救這場危機，避過撞機等災難。旅客在空中盤旋數小時，多個航班延誤，就連總理也取消外訪急急回國，這令報館覺得不尋常。

　　記者鄧克利在國會大廈打聽消息、追尋線索。司法部長告訴她，澳洲的飛航管制系統，遭到來自中國的網絡恐怖主義組織攻擊，坎培拉、肯因斯和悉尼三個機場，足足 13 分鐘無法跟任何航班聯絡，也無法確保航班的安全。部長表明，如果洩漏半點消息來源，她不但會全盤否認，更會控告報館。

　　得到司法部長親口的答覆，鄧克利成功爆出一單獨家頭條新聞，其他新聞台爭相引述和採訪，也令民眾紛紛討論航空安全的問題，明明擊不起輿論的國安風險議案，頓時成為社會焦點。

　　翌日，澳洲總理宣布成立「澳洲安全強化局」，指事故反映澳洲有國安漏洞，需要一個組織來協調和收集，來自軍方和民間的所有情報，由司法部長兼任局長。司法部長表示，「安全強化局」將會令國安威脅無所遁形，報道或刊登任何

「安全強化局」認為對國安有害的資訊，將會被視為犯罪行為，當局有權拘捕及審問持有相關訊息的嫌疑人。

鄧克利在記者會上，聽到目瞪口呆，她知道自己和報館都被玩了，那單頭條新聞、那個消息披露，是被利用來推動成立「澳洲安全強化局」。

由戲劇回到現實，如何處理消息來源提供的資訊、對方背後有何動機，是每名記者時刻要思考的問題。

我會形容，記者是經常被利用的對象。最常見是，有些活動的邀請、有些獲安排的訪問人物，對方心底裏，當然是希望記者可以為活動、品牌、作品宣傳。那時候，就要問問自己，要做一個宣傳機器，還是利用這次訪問，發掘自己想寫的故事、希望訴說的精神價值？

社會新聞中，有些社群願意受訪，可能是為了既得的利益，希望可以爭取福利、改善待遇，甚或擊倒競爭對手；政治新聞中，有些人訴說被迫害的經歷，也可能是對方用來申請政治庇護的籌碼。社會就是有這樣的複雜性，每個人、每件事都有動機。問題是，記者的角色、新聞的價值，在不知不覺間被利用；還是由記者主導，有意識地利用報道和崗位，希望帶來改變，促進社會公義？

當一個人主動走近記者，越努力證明自己的遭遇時，我們越要保持懷疑，小心被玩。

不可抗力

若然問道，這幾年做訪問最怕聽到什麼？

我會答：「你都知啦」、「你都明啦」，這些論述和字眼，說真的，我真的不明白、不理解。有人覺得過山車很刺激，有人覺得很可怕，同一件事，不同人可以有不同解讀，出現程度上的落差。

有些新聞事件發生後，很多人只看見結果，便已產生情緒，一句定性事件：「政治打壓。」但事件發生的始末、以往有何做法、涉及部門有何確實回覆，都不再深究，甚或連涉事當事人都不願再提，拋下一句「你都知啦」、「你都明啦」的說法，結果報道帶來的，就只有沒有事實根據的猜想。

我們不希望別人思想審查，胡亂猜想我們的所作所為，但這些曖昧不明的話，卻讓別人產生無限聯想的空間。而更多時候，人類總是會慘情化自己，作為傳播者，必須要明白這一點。

好比一段關係中，如果兩人之間曖昧不明、拉拉扯扯，可能是「玩家」的表徵之一。在一個社會當中，如果把東西說得曖昧不明、含糊其辭，甚至加上個人臆測而斷言事件，我會形容這都是公民社會的毒害者之一。

明白公民社會不振，社會寒蟬，人們不如以往大鳴大放，無所畏懼地發表自己的想法。但我還是覺得，受訪者有責任說得清楚，記者有責任問得清楚，了解事情的本質、梳理事件的脈絡。最終事件的細節有沒有刊登出來是一回事，但我們是否掌握事件的始末又是一回事。責任是兩方面的，受訪者

有沒有誤導，記者有沒有被誤導，都可以避免公眾誤解事件、誤判社會實況。

　　這就等同近年常常出現的「不可抗力」說法。什麼是「不可抗力」？根據台灣教育部的字典解釋，指出於自然或人為，使人無法抵抗的強制力。這四個字也常見於法律用途，解作無法預期且不可歸責的某些特定情形。

　　一個活動因為「不可抗力」的原因取消，即是什麼原因？可以是門票滯銷、演出者生病、簽證不獲批、場地牌照問題、設備或技術故障、噪音投訴、內容審查、政治恐嚇等，原因可以南轅北轍，卻被一句「不可抗力」蒙混過去。

　　這又好比「有人進入路軌範圍」的說法，即是墮軌受傷、跳軌輕生、有人在路軌探險破壞、執拾物品還是怎樣？商業機構或許會含糊其辭，以一句話概括所有情況，尤其是不討好的情況；但新聞機構，理應找出答案，才具體報道出來。這都是我以前看和學的新聞，當然，現在九成新聞機構都只是搬字過紙。

　　我覺得，一個好的新聞，應該要掌握事件的緣由，才能扎實地報道出來，引導讀者理解事件。當未必掌握緣由時，極其量也只能陳述，客觀說出已知的結果。

　　有套廿多年前的舊電影，因為找不到合適拷貝，無法在近期的電影節放映，而改為播放同導演另一套作品。我問過一些工作人員，對方說改動跟電影內容無關，試片時，這部電影太矇，無人為這部電影數碼修復，也沒有人有更好的拷

貝，因而作出改動。又有一套香港電影，在中國北京一個影展遭取消放映，有人猜想涉及吸毒、涉及反東北情節，但同一個影展，後來其實還有幾部涉及台灣演員參演的電影遭取消放映，又是否同一個原因呢？

然而，看見不少輿論說：「凡此種種放映電影要面對的技術性問題，也是眾所周知的。」形容這是「眾所周知的原因」、「無法修復的原因」。當大會寫明原因，我們不願相信；當原因不明，沒有人有真憑實據時，卻又變成「眾所周知的原因」。其實，我們還相信真相，還渴望了解事實嗎？

當自媒體林立，KOL 主宰民情與方向時，我們需要謹記，新聞就是新聞，意見就是意見，把猜測當成事實，這是偏見。

站在風暴中心

很多人問道，在這個時代下，經營自媒體，有沒有壓力？

他們的意思是，政治上的壓力。坦白說，我覺得最大的壓力不是來自政治上的風險，如果按事實而寫，按新聞原則報道，何以畏懼？新聞從來都不會討好任何人。

但對我來說，最大的壓力是報道刊登後，需要面對的民眾反應和評論，不似得以前有大媒體和同事靠攏，報道帶來的榮與辱、做得好與不好，甚或有時做錯了，以往都由機構承擔，現在彷彿都是衝著自己而來。

做過一個訪問，訪問一套紀錄片中被拍攝的女生，對方想當一名警察。報道刊登後，收到一些批評，覺得香港經歷社會動盪後，在不少人眼中，警察這個職業不討好，這篇報道彷彿把女生推出來，成為全城戰靶。如果受訪者具有判斷能力，並在知情下受訪，我有沒有勇氣依然把她的論述和想法呈現出來，哪怕不是社會主流的聲音？

有一套紀錄片捲入風波，引起社會關注，腰斬放映前，最後一場全場滿座的公眾場合中，我拍下了導演和觀眾的問答片段。事後，有讀者問道，可否將觀眾一面打格？我有沒有勇氣，把公眾的質詢和導演的回應，用同一把尺呈現出來？

又或者，在另一單引起廣泛報道、涉及政治迫害和流亡的新聞當中，我發現當事人有所隱瞞，所提及的指控未有證據支撐。哪怕他得到廣泛的同情、同仇敵愾，但我有沒有勇氣指出當中存疑的地方，放棄取得的一手資料，以至「流量密碼」，而選擇不作報道？

當輿論能殺人的年代，究竟我有沒有勇氣，把不同聲音呈現出來，用同一把尺對待不同的人，儘量公道，對待不同面向的持份者。這是我站在風暴當中，常常問自己的問題。

新聞工作教會我最多的是，我們看見的，永遠只有一小塊，我們看不見的，還有很多。

最後，我想談談自己。我是一個喜歡躲起來靜靜寫作的人，我也會創作，會寫劇本，會拍故事。這些時候，我會好像人間蒸發般，不上網、不看手機、不回覆訊息。我覺得，寫作和創作路上都是孤獨的，需要靜、需要思考、需要時間，也需要剖白內心，坦誠面對自己，才能有一個好作品出現。追尋的過程中，有時好像會走進一個黑洞，越走越入。

這兩年一邊經營自媒體，一邊創作，同時接下不同種類的工作維生。很多時候，我無法向別人交代和解釋我現在做著的事，我會寧可不見人、不解釋、不交際、不置身很多人的地方，漸漸地也會有些人離你而去。

當我消失於人海，好像不事生產時，我想感謝那些不用我解釋，仍然願意相信和等待的人，待我有一天準備好。

書　　　名： 晝夜飄浮・大城誌採訪集
作　　　者： 張凱傑

出 版 社 ： 亮光文化有限公司
　　　　　　Enlighten & Fish Ltd
主　　　編： 林慶儀
編　　　輯： 亮光文化編輯部
設　　　計： 亮光文化設計部
地　　　址： 新界火炭坳背灣街61-63號
　　　　　　盈力工業中心5樓10室
電　　　話： （852）3621 0077
傳　　　真： （852）3621 0277
電　　　郵： info@enlightenfish.com.hk
亮 創 店 ： www.signer.com.hk
面　　　書： www.facebook.com/enlightenfish

2024年7月初版

I S B N 　 978-988-8884-15-5
定　　　價： 港幣$138

法律顧問： 鄭德燕律師
版權所有　翻印必究